100年後に転生した私、前世の従騎士に求婚されました

陛下は私が元・王女だとお気づきでないようです

一分　咲

22812

角川ビーンズ文庫

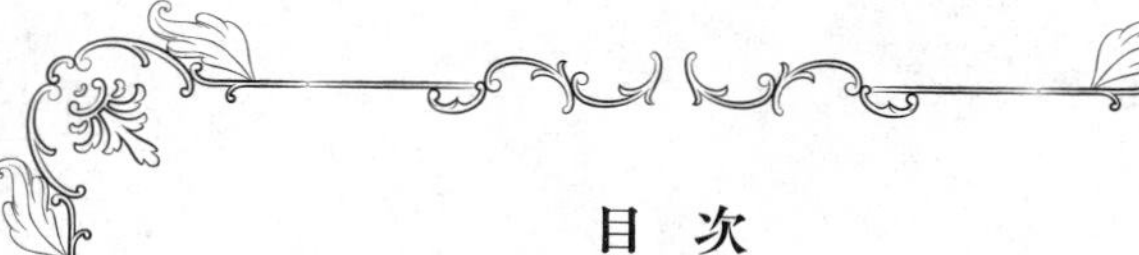

目 次

登場人物紹介
CHARACTER PROFILE

100年後に転生した私、前世の従騎士に求婚されました
陛下は私が元・王女だとお気づきでないようです

メアリ・ベル・ハリソン

ハリソン伯爵家令嬢。後宮に集められた正妃候補の一人。物静かな雰囲気。

アルバート・ウィリアム・メイズ

隣国・ゼベダの王太子。プリエゼーダ王国との和平交渉の調整に訪れる。

ティルダ・ジョアン・ブーン
サラ・ヘレン・メトカーフ

シェイラ、メアリとともに後宮に上がった貴族令嬢。

イラスト／緑川　明

プロローグ　絶望の淵で

まもなく訪れるはずの、希望の朝が消えたのは一瞬のことだった。

幸せな笑い声、しんとした雪の匂い、緋色の実と尖った翡翠色の葉。

柔らかく揺れる朱の灯りに、心地よく鳴る鐘の音。

パチパチと耳に響く暖炉の熱。

暗闇に護られて、深い深い森を走っていた。

外出用ではない柔らかな靴の底に小枝がめりっと刺さる感触。体勢が崩れて不安定になっても止まることは許されない。

小さな頃から、愛する人とともに慣れ親しんだこの森。今日は、いつもの心安らぐ土の匂いは感じない。颯と追い立てる樹々のぴりぴりとしたざわめきに息ができないでいる。

けもの道ですらもないこの荒れた葉と木の枝の上を、どれぐらい走ったのだろうか。

（もう、魔力が……）

すっかり空っぽになってしまった身体のせいで、足がもつれて息が切れる。それでも、アレクシアの手を引く力が弱まることはなかった。

「大丈夫か？　王女」

「ええ」

　彼はいつも、アレクシアのことを『王女』と呼ぶ。

もう『王女』ではなくなってから一年と少しが経つ。その響きに込められた、あたたかい感情がアレクシアはとても好きだった。

　けれど今はそんな気遣う声にも強がる余裕はなくて、ただ頷くしかなかった。

　終わりはもう見えている。それなのに、彼への想いが邪魔をしてどうしても命令が下せない。

　こんなことは、彼女の人生ではじめてだった。

（私たちはじきに追っ手に捕まる。クラウスだけを逃したくても、魔力が空になってしまったこの身体では転移魔法はもう使えない。……私が一人囮として残って彼らを引きつけ、クラウスを逃がす時間をつくる）

「……っつ」

　唇を嚙みしめ、決意を固めたところで怪我をしている従騎士――クラウスが顔を歪めた。アレクシアは足を止めてしゃがみ込み、くしゃくしゃの魔法陣を描いた紙を取り出す。

「今、魔法で傷を治すわ！」

「だめだ。さっき、使用人たちを逃がすのに使ってもう魔力は空っぽだろう。これ以上無理を

「無理をしなくても、もうとっくに関わってるわよ？　いいから見せて！」

「……今それを言う場面か……」

緊迫していた二人の空気が一瞬緩んだ。こういうところは、主従関係にありながらも幼なじみの二人である。

（今なら、私を置いて行けと命令を下せるわ）

アレクシアは鋭い視線をクラウスに向ける。

「……行くぞ」

言葉を発するタイミングを与えずに、彼はまたアレクシアの手を引いて走り始めた。たった今、顔を歪めていたはずなのにその名残は微塵もない。クラウスもまた、彼なりの決意を固めた様子だった。

二人は、このプリエゼーダ王国を治める若き女王とその従騎士である。

城が襲われてから、まだ一刻ほど。鉄壁だったはずの守りは内側から崩された。

けれど、不思議と裏切りへの怒りは収まっていた。死を前にした、しんとして冷たい感情。それが揺らぐかどうかは、アレクシアにとって彼の無事次第だった。

さっき、アレクシアはこの世界でも有数の魔導士である自分が持てる魔力をありったけつぎ込んで、使用人たちを安全な場所へと移した。

自分と専属の従騎士であるクラウスだけが残り、こんな原始的な方法で逃げているのは、彼らへの追っ手を遅らせるためにほかならない。

(彼らのことは協約を結ぶ同盟国の国境まで飛ばした。だからきっと、国境を越えてしまえば皆助かる)

その刹那。

「いたぞ！　こっちだ！」

恐れていた声とともに、照明弾が上がった。おぞましいほどの魔力の気配が近づいてくる。

(クラウスは、私が守る)

もう魔法は使えないことなど、本能で分かっていた。

けれど、幼い頃から彼と一緒に学んだ剣術がまだ残っている。眼光鋭く一歩前に出ようとしたところで、殊更強い力で引っ張られた。

「……アレクシア」

アレクシアの腕を痛いほどに握る、ずっと自分を守ってくれた無骨な手。

髪の毛が風を切った瞬間に立ちのぼった、彼のほろ苦い香水の香り。いつも微かに感じていた匂いがこれまでになく強まって、優しくて甘やかな、すべてを許された頃の思い出が胸をかすめる。

(どうして……この想いを一度も伝えなかったのかしら)

最後の感情は、国を守ることだけを考えて生きてきたアレクシアとしてはびっくりするほどの、少女のように純粋な想いだった。

その後の記憶は、ほとんどない。

第一章　ここは百年後の世界

いつの間にか時は過ぎ、悲劇から百年以上もの月日が流れていた。

精霊に護られ魔法が存在する国、プリエゼーダ王国。

この国には『輪廻転生』が存在する。

後悔を持って死んだ者の魂が時を越えて再度新たな生を受けるのだ。

とはいっても、転生が許されるのは条件を満たした魂だけ。

その条件には、転生をつかさどる精霊に差し出せる対価があること、死ぬ間際に精霊に遭遇する幸運、などがあるといわれている。

しかし、そのどれもが定かではない。それほどに転生する者は少ない。けれど『精霊に差し出せる対価を持つ貴族や大富豪に転生者が多い』というのが有力な説だ。

さらに、転生した魂は前世の記憶を持っているとは限らなかった。

例えば、この世界では魔力を持って生まれた者には必ず一つ固有魔法が与えられる。それは不思議と転生しても受け継がれるらしい。

本人には記憶がないのに、固有魔法がかつての偉人と同じだった、という理由で転生が判明した例もあるのだ。

アレクシアの場合、前世の記憶が戻ったのは六歳の時だった。

（……あ……あつ……い）

目を覚ました時、アレクシアは熱にうかされていた。

（身体が……動かない……ここは……どこ……？）

火のように熱く、鉛の如く動かない身体。自分は追っ手に魔法で焼かれているのかもしれないと思った。しかしどうやら違うらしい。

（天井がある……ここは、あの森ではないわ……）

おでこにのせられた、ぬるいタオルの感触。ぼんやりと視界に入った室内を薄暗く照らす灯りは、精霊の力を借りて使うタイプのものではない。

（あれに……似ているわ。この前……異国の科学者が大量に生産して普及させたいと言っていた、『魔力がなくても使える灯り』に）

ぼうっとする頭でここがどこなのかを考えていると、キィと部屋の扉が開く音がした。入ってきたのは使用人らしき格好の女性である。

「シェイラお嬢様、目を覚ましていらっしゃったのですね」

（……シェイラ？）

その瞬間、頭の中にたくさんの光景がぶわっと流れ込む。

小さな町の風景。その真ん中に佇むぼろぼろのお屋敷。やせた土地を耕す農民の姿。がらんとした町の商店。商人や旅人が泊まる、あまり繁盛しているとは言えない小さな宿屋。母親と一緒に繕い物をする幼い少女たち。

決して豊かではない町。そして、天気はいつもどんよりとした曇り空。

（ここは……この地を治めるキャンベル伯爵家。私は、女王・アレクシアではなく領主の娘シェイラ・スコット・キャンベルよ。……ここでは）

きっと自分はあの森で死んだのだ。そして『輪廻転生』に従って転生してしまったらしい。

その事実が、すとんと胸に落ちた。

（あんな最期だったのだから……転生するのも当然かもしれないわ）

記憶を取り戻したばかりの自分には、シェイラとしての記憶が不足している。頭の中にあるのは分かるけれど、熱に冒されているせいもあって霧が晴れないのだ。

「まだお熱が下がりませんね。おでこのタオルを取り換えて、お薬を飲みましょうね。大丈夫です。氷菓子に混ぜて差し上げますから」

（彼女は……そう、パメラだわ）

まるで子ども扱いのパメラに、シェイラは押し黙る。というか、喉が痛くて喋れなかった。

（薬ぐらい……普通に水で飲めるのに）

クラウスは無事だろうか。いや、無事、という表現はおかしい。うっかり転生してくれていたりはしないだろうか。彼に会いたいと思うと同時に、ひどく大きな不安が身体を襲う。

なぜなら、生まれ変わりを意味する転生はただいいことばかりではない。精霊に対価を差し出したうえで、さらに大きな代償を払わねばいけないのだ。それは——。

——伝承の通りならば、転生者は、前世での寿命と同じ年齢で死ぬ。

それを回避するためには前世での後悔を解消することが必要だった。……が、転生先の時代で前世での心残りを解消できるなんてそんな都合のいい話はない。だから、転生者の多くは短命だった。

(私は……きっと『記憶を持たない転生者』として『シェイラ』の人生を過ごしていたんだわ。この熱は、恐らく寿命を迎えるためのものね。記憶が戻ったのが今でよかった。クラウスが側にいない人生なんて、耐えられない)

『シェイラ』の最期を覚悟しながら、荒い呼吸に耐える。

前世、アレクシアは身体が丈夫だった。剣術の稽古でしょっちゅう擦り傷をつくってはいたものの、風邪すら引いたことがない健康体である。

ちなみに前世、アレクシアのせいで『魔力の強い者は流行り病に罹りやすい』という言い回しは明らかに風化した。

というわけで、熱にうかされるという この初めての感覚が辛すぎた。そのせいでアレクシアとしての後悔にばかり気をとられていたのだ。だから、その事実は多大なる驚きを持って迎えられることとなる。

「お嬢様。お水を」

パメラが差し出してくれたコップをシェイラは身体を起こして受け取る。

やっと、異変を感じとったのはその時である。

(……小さい)

朦朧とする中。自分の胸の前でコップを支える両手がいやに小さいのだ。ぷくぷくとした白いその手は、まるで——

「こどもみたい……」

掠れたシェイラの呟きを、パメラは聞き逃さなかった。

「ふふ。シェイラお嬢様は子どもではなく立派なレディですわ。六歳のね」

(え)

シェイラの驚きは声にはならず、喉の奥に吸い込まれていった。

次に目が覚めると、夕方だった。

（身体が軽いわ……）

熱はすっかり下がったようである。けれど、パメラが水を運んでくれてから数日が経っているのか、まだ数時間しか経っていないのか。それが分からないくらいには、シェイラの意識はまだぼんやりとしている。

窓の外に見える、赤い空。この色は最近見たばかりだ。そう思った瞬間、自然と動いていた。

「あの後……！」

この身体が持つ記憶を頼りに、壁を支えにしながら書斎へと向かう。

（キャンベル伯爵家の書斎には、歴史や政治の本がたくさん保管されているはずだわ。この、シェイラはお父様と一緒に書斎の整理をしたことがあるもの）

自分にとってはまだ数日前の、あの忌まわしい記憶。

そこから一体どれぐらいの時が流れているのか。国はどうしたのか。

――自分が愛した人はどうなったのか。

とにかく、その答えが知りたかった。

辿り着いた書斎で待っていたのは、目を逸らしたくなるような現実だった。

「今は、プリエゼーダ暦九五三年の春って……」

書斎の新聞と近代史の記録を前に、床に座り込んだシェイラは絶句する。

城が襲われたのは、プリエゼーダ暦八五二年の冬のことだった。それから、ほぼ百年が経っている。

「八五二年のクーデターによって命を落としたのは、女王・アレクシアと一人の従騎士……。反乱は三日で制圧され、新王として王族の遠縁にあったコーエン公爵が即位したのね」

目覚めた時点で、自分はあそこで死んだのだろうということは分かっていた。だから、アレクシアの結末についてショックはない。

それよりも、魔法で逃がした使用人たちは皆助かり、数日で国は平穏に向かったという歴史にほっとする。

「……『次期王位継承者だった王弟リチャードは国に帰らず亡命先の隣国で慎ましくも平和な人生を送った』そうよね。あの子、まだ八歳だったけれど賢い子だもの。正しい選択だわ」

失望を何とか呑み込み、高まる鼓動に耐えながら資料のページをめくる。

それは、プリエゼーダ王国に存在した貴族をすべてまとめた名鑑の、クラウスの生家であるワーグナー侯爵家のページだった。

「ワーグナー侯爵家の家系図は……。クラウスではなく彼の弟から続いているわ。……現在も名門として存在している」

家系図の中で一つ、配偶者を持たずにぽつんと書かれた「クラウス」の名前を震える指先でなぞる。これは、そういうことなのだろう。

もう会えない彼の顔が頭をよぎる。視界が滲んだと思ったら、もう涙が頬を流れていく。

（本当の最期までは覚えていないけれど）

クラウスは絶対に、アレクシアの側を離れたりはしなかっただろう。

自分が転生したということは、最後に精霊に会ったことになる。——ということは。

「私と一緒にいたクラウスも転生している可能性があるわ。……でも、どの時代かは分からない。……普通に考えて、もう会えるわけがない」

自分が転生したのはあれからほぼ百年後。けれど、クラウスが生まれ変わったのは三日後だったかも知れないし、もしかしたら千年後になるのかもしれない。

それは捜しようのない、途方もなく広い世界で。手元の名鑑の、クラウスの名前の上に涙が落ちそうになるのを慌てて拭う。

（私たちはあの森で死んだ。生きて会えるはずがないのだわ）

彼が生きているかもしれないと一瞬だけでも希望を持ってしまったことは、想像よりもずっと心を沈ませたのだった。

「それにしても……まだ六歳の子どもだったなんてね」

熱にうかされて『アレクシア』の記憶を取り戻してから数日後。シェイラは書斎の机に座り、足をぶらぶらさせていた。前世では絶対にしたことがない仕草が自然と出てしまうことに、この自分はアレクシアではなくシェイラなのだと改めて思う。

部屋の隅にある鏡には自分の姿が映っている。はちみつ色のキラキラとした滑らかなロングヘアに、ローズクオーツを思わせる柔らかな瞳。

転生したのだから外見は全く違うものになると思っていたが、シェイラ・スコット・キャンベルはアレクシアの幼少期にそっくりだった。

(もしアレクシアの子どもの頃を知っている人に会ったら面倒なことになりそうだけれど……偶然にもお母様はアレクシアと髪や瞳の色が同じなのよね。怪しまれずに済みそうだわ)

風邪が治り、気が付くとアレクシアとシェイラの記憶は一つになっていた。

転生者の言い伝えは聞いたことがあったものの、これほどまでに前世の自分も今世の自分もどちらも自分なのだと自然に認識できるとは。

前世の記憶が目覚めて以来、シェイラは気が付くとどうしてもこの書斎に来てしまう。

女王・アレクシアの治世が書かれた近代史の書物は、その中にかつての自分たちがいるようで。覚えのある名前や地名が書かれた数ページを繰り返し眺めては、シェイラは今日もため息をついていた。

「文明に関しては……百年経ってもなかなか変わらないものなのね」

長い時間を経ているのに、この国の文明はあまり変わっていなかった。しかし、それは予想できた範囲のことでもある。

プリエゼーダ王国の社会を成り立たせているものは『魔法』だ。貴族しか使えないそれは、彼らの地位をより高める結果ともなっていた。この国を統治する彼らが、自分たちの優位を脅かすものの進化を許すはずがない。

(室内灯のように、魔力を込めなくても使える道具の開発は進んでいるみたいだけれど……。改良して飛躍的な進化を遂げるのは阻害されているみたいね)

前世の悩みをそのまま持ち越した現状に、ふう、と肩を落とす。

(……そして、他にもまだ問題が)

コンコン。

「！　はい！」

シェイラは、手元の分厚い資料をサッと閉じると机の端に寄せる。そして、あらかじめダミー用に準備しておいた子ども向けの絵本を広げた。

ノックの後、顔を出したのは使用人のパメラだった。

「こちらにいらしたのですね、シェイラお嬢様。お兄様お姉様がたとお庭で魔法の練習をするお時間ですよ。加わらなくても……せめて、ご覧になってはいかがですか？」

「……すぐに行くわ」

だだをこねることなく椅子から下りたシェイラを見て、パメラは意外そうな表情を浮かべている。手には上着とシェイラが好きなビスケットの瓶。きっと、お菓子で釣って庭まで連れていくつもりだったのだろう。

「大丈夫よ。逃げたり、お兄様やお姉様と喧嘩をしたりはしないわ」

「お嬢様……」

気遣わしげなパメラへ微笑み返すと、シェイラは階段を下りた。

貴族の家に生まれた子どもは、物心がつく前に魔力を目覚めさせる。そして、文字が書けるほどの年齢になると国から派遣される魔導士のもと、魔法の訓練がはじまるのだ。

風邪をひいて寝込む前までのシェイラは、この『魔法の練習の時間』が一番嫌いだった。

(熱にうかされて目覚めた時から、何となく気が付いていたわ)

覚えのある、空っぽの感覚。間違いなくシェイラのこの身体には、魔力が秘められていない。

恐らく前世の最後、限界を超えたありったけの魔力を使ったからなのだろう。

(でもいいの。だって、百年も経ってしまってはこの手で反逆者に一矢報いることさえできないもの)

さっきまで読んでいた資料には、反逆者の処遇が書かれていた。

——プリエゼーダ暦八五二年の冬、制圧軍によってその場で処刑、と。

たしかに、国民や城に被害はなかった。けれど、大切に守ってきた弟や側仕えたちの日常は失われ、愛した人を奪われた。

それなのに、自分の感覚ではたった数日ですべてが終わってしまっている。悲しみや憤りを共有できる相手すらいない。

拳を振り上げたいのに、怒りのやり場がどこにもなかった。

「遅いぞ、シェイラ。お前は魔法が使えないんだから、早く来て練習しないとだめじゃないか」

庭に到着してすぐに浴びせられた長兄ルークからの厳しい言葉に、使用人のパメラが立ちはだかる。

「ルーク様、お言葉ですがシェイラ様は病み上がりです。ベッドから出られるようになったのはつい昨日のことですわ。今日の訓練は見学でいいと旦那様が」

「何だと?」

「いいの、パメラ。……遅くなってごめんなさい」

パメラが口を挟んだことに眉をつり上げた兄を見て、シェイラは力なく謝罪する。パメラや自分の立場を考えて、こうするのが一番正しいと分かっていた。

シェイラ・スコット・キャンベルの身の上は、かなり複雑だった。

元々、このキャンベル伯爵家には両親とシェイラだけが暮らしていた。それは、シェイラの中に残る幸せな記憶である。

けれど、シェイラが三歳の時に大好きな母親は他界。その後、一年も経たないうちにこの家で暮らし始めたのが継母と義兄姉である。

(お父様は、私が寂しくないようにと考えてくださったのでしょうけれど)

四歳と二歳上の義兄たち、同じ年齢の義姉。そして、継母。

決して意図したものではないにしろ、彼らの存在はシェイラの居場所を奪っていった。

生まれつき魔力を持たず母親を亡くしたシェイラは、両親からは『可哀想な子』として同情され、義兄姉からははみ出し者として扱われている。

(魔力がないと分かっていて練習するなんて、馬鹿げているのにね)

心の中で悪態をつく。けれど、絶対に表情は崩さない。義兄から冷たい言葉を投げかけられても、不満を表に出さず健気な姿勢を貫くのは自分の味方であるパメラのためだ。

魔法の練習の時間と言えば、家族の中で一人だけ魔法を使えないシェイラが、魔法の先生や兄姉たちからの言葉に耐える時間だった。

「先生を待たせてはいけないぞ。お前は本当に駄目だな」

「……」

シェイラがしおらしくルークに謝ったのを見て、次兄のジョージも眉を吊り上げる。兄をほぼ真似しただけの言葉をシェイラは無視する。さすがに、二度同じ理由で謝る気はない。

「なっ、お前」

シェイラに無視されたジョージの顔は真っ赤だった。取るに足らない妹のくせに。彼の顔にはそう書いてあるけれど、すんと微笑んでかわす。

そこに割り込んだのは、シェイラと同じ年齢の義姉だった。

「お兄様、シェイラが魔法を使えないのは分かり切ったことでしょう？　そんなにいじめないで！」

「……ローラお姉様」

白っぽく陽に透けるプラチナブロンドに、継母そっくりのルビーの力強い瞳。シェイラを庇っているはずなのに、その言葉選びはどこか刺々しい。

「シェイラ、そんな呼び方をしなくてもいいの。だって私達同じ歳よ！」

義姉ローラの、六歳とは思えない妖艶にも見える美しい微笑み。ローラは誰が見ても可憐な少女だけれど、シェイラの中のアレクシアからすると若干の底意地の悪さが透けて見えていた。

（でも、仕方がないことかもしれないわ。ローラお姉様はお母様とお兄様、そしてお父様を私にとられたくないのよね）

義兄二人の言葉はストレートすぎてむしろ爽快だが、ローラの視線は微笑んでいるはずなのにシェイラに痛く突き刺さる。

「いいえ。お気遣いありがとうございます、ローラお姉様」

軽く膝を曲げて淑女の礼をすると、一瞬だけ彼女の口の端がぴくりと上がるのが見えた。シェイラの美しい挨拶が気に入らないらしい。当然だろう。これはわざとで、女王仕込みの所作なのだから。

「さあ、みなさん、はじめますよ」

会話が途切れたところで、ずっと黙っていた先生がポケットから紙を取り出す。彼は国からの委託をうけ、貴族の子どもたちに魔法を教え歩く魔導士である。

「先生、まず、先週分の復習をしていて生じた疑問についてお答えいただけますでしょうか」

「ええ、いいですよ」

先生の許可を得ると、ルークはシャツのポケットから四角く畳んだ紙を取り出した。その白い紙には魔法陣が描かれている。

「ここの描き方なのですが。どちらの線を使ったらいいのかと」

「ああ、そうですね」

精霊が支配するこの国では、貴族として生まれた者のほとんどにそれぞれ相応の魔力が与えられる。魔法を使う時は、その魔力をもとにある手段によって発動させるのだ。

その手段というのが、この魔法陣である。

魔法がうまく発動するかはすべてこの魔法陣によって決まる。たとえば、ごく簡単な内容の魔法であれば魔法陣はごくシンプルになる。つむじ風や小さな火を起こす程度のものなら、子どもでも正しく描くことが可能だ。

けれど、難しい魔法になればなるほど魔法陣の線や数字は複雑化し、器用さを持ち魔法数学に明るい人物でなければ正しく仕上げることはできない。

街に行けば魔法道具屋でさまざまな種類の魔法陣が売られている。百ゼーダ、パンを一つ買える程度の安価で購入できるものから王都の外れに小さな家が買えるほど高価なものまで多種多様だ。

魔力を持つ者はあらかじめ描かれた魔法陣を携帯し、必要に応じて魔力を込めて使う。

ちなみに、戦場で使われるような危険な魔法陣は一般に流通させることが禁じられているし、描ける者自体が少なかった。

「では、先週それぞれに出した宿題の魔法陣を使ってここで発動させてみましょう」

先生の言葉に、兄姉たちが魔法を発動させていく。

まず、次兄ジョージはつむじ風を起こして庭の木を揺らす。すると、たくさんの木の実が降ってきたのでシェイラはあわてて拾いに走った。

あらゆるものを精霊が支配するこの国では、自然の恵みを無駄にするのは言語道断である。

「あ……シェイラ、悪い」

落ちてきたのは、春に生るハルキイチゴだった。そこら中に甘い匂いがする。

「あとで、お母様にお願いしたらジャムにしてくれるかしら！」

少し遠くから聞こえるローラの声を背にハルキイチゴを拾っていると、意外なことにジョージも拾うのを手伝ってくれた。

この家の兄妹はシェイラに厳しいが、ジョージだけは少し違う。兄の真似をしてきつい言葉を吐きつつ、こうして助けてくれたりもするのだ。もっとも、今回に関しては彼の魔法が原因なため当然なのだけれど。

次に行われた長兄ルークの魔法は、土の中の草だけを焼き切るというマニアックなものだった。これからの季節、領地の種まきが始まることを見越してのものなのだろう。さっき先生に魔法陣を見せて確認していたので、当然成功した。

「つぎは、ローラ嬢の番ですね」

「はい！」

ローラに与えられていた宿題は『小石を浮かす』魔法だった。彼女も兄たちと同じように紙を両掌にのせて魔力を込める。

けれど、目の前の小石はびくともしない。

「あれぇ？」

素っ頓狂な声を聞き、シェイラはローラの手のひらに置かれた紙に視線を送る。

前世、シェイラは魔法陣を描くことが得意だった。そのせいで、無意識のうちにその初歩の魔法陣の欠陥を探してしまう。

(何かが足りないはず……あ)

「ローラお姉様、ここに線がもう一本必要ではないでしょうか」

「ああ、本当ですね」

シェイラの助言に答えたのは、ローラではなく先生だった。

「簡単な魔法陣ですが、この線だけは省略してはいけません。むしろこの線だけを描けば発動しますよ」

「……はぁい」

シェイラに間違いを指摘されたた格好になってしまったローラは頬を膨らませる。

無事、小石はふわりと浮き上がったのだった。

「ねえ」

「はい、ローラお姉様」

魔導士の先生による授業が終わって屋敷内に戻ろうとしたところ、ローラに声をかけられた。

「シェイラって魔力がないだけじゃなく、魔法陣を描くのも下手だったわよね？」

義兄たちは先に戻ってしまい、庭を歩いているのはシェイラとローラだけ。二人きりになると、ひどい言い草である。

「……偶然です。この前、書斎で読んだ本に同じ魔法陣がのっていたのです」

「ふぅん。次に余計なことを言ったらただじゃ置かないからね」

幼さを感じさせない低い声でローラは言い捨てると、走って行ってしまった。

（ただじゃ置かない、って……はぁ）

シェイラには、子ども用の魔法書が与えられていない。そもそも魔力がないのだから不要だろう、という継母(ままはは)の判断のせいだ。にもかかわらず、魔導士を招いて行う訓練には参加しなければいけない。

このローラの態度といい、父親の無関心さといい、シェイラを取り巻く環境(かんきょう)にはなかなかひどいものがある。

（だけど彼女の中に『怒り(いか)』はないのよね、不思議と）

シェイラは幼い自分の記憶(きおく)を辿(たど)る。意外なことに傷ついた自分を何とか慰(なぐさ)めようとする労(いたわ)りの感情しか出てこなかった。

アレクシアの記憶を目覚めさせるまでの彼女に、この家族への怒りはない。ただ、いつも沈(しず)んでいく気持ちをなんとか奮い立たせようとしていた。

別に諦(あきら)めているわけでもなくて、極(きわ)めて前向きに。

（なんだか……私は不思議な子みたい）

つい数日前に経験したばかりの絶望を持て余していたシェイラは、生まれ変わった後の自分の強さに好感を持っていた。

翌日。

シェイラはキャンベル伯爵家の庭にいた。理由は、ハルキイチゴを採るためである。

「ずっるいよなー。ローラのやつ、自分は高みの見物だぞ？」

昨日、自分が揺らして大量のハルキイチゴを落下させた樹をどしんと蹴りながら、次兄のジョージが言う。

「蹴るのはやめてください」

シェイラが持つカゴに、上からぽとんと落ちてきたハルキイチゴが入る。

そのままシェイラは顔を顰めてジョージが蹴った樹の幹を撫でた。精霊に護られるこの国で、自然を大切にしないのは論外である。

「お前は何でいつもそんなに澄ましてるんだよ。今日だって、ハルキイチゴのジャムを作りたいって言ったのはローラだぞ？　昨日落ちてきた分じゃ足りなくて、追加で採らないといけなくなったのに……自分はあのテラスでお茶を飲んでいるんだぞ？」

彼が視線を向けた先では、ローラがひらひらと手を振っている。シェイラも凝り固まった顔の筋肉を何とか動かして、取り繕った笑顔を返した。

「……手元に縫物があるでしょう。きっと、お母様のお手伝いをしているのよ」

「それにしたって。僕だけじゃなくローラにも口答えしろよ。お前は本当になー！」

ルークは勉強の時間である。この庭には、シェイラとジョージの二人だけだった。

一応はのんびりとした、午後のひと時に思えたのだけれど。

「「……！」」

さっきまで晴れていて気持ちの良いお天気だったはずなのに、急に霧が出てきた。

「……家の中に戻るぞ」

「はい、お兄様」

つい数秒前まで軽口を叩いていたジョージの表情が強張る。それに同意したシェイラもあわててカゴを抱えた。

この世界で発生する霧はあまり良いものではない。魔法の残骸で発生することが多く、運が悪いと巻き込まれて知らない場所へ連れて行かれてしまうことがあるからだ。

大人であれば、いざという時用にその場所に留まるための魔法陣や道具を持っているし、それ以前にまず大きな街には結界が張ってある。

けれど、シェイラたちのように田舎町に住む子どもが家の庭で遊んでいる時に霧が出てきたら、それが濃くなる前に建物の中に逃げ込むしかなかった。

「行くぞ」

「あ」

シェイラが抱えていた大きなカゴをひったくるように奪い取って、ジョージが走りはじめる。シェイラもそれに続いたけれど、風邪でしばらく寝込んでいたせいで、体力が落ちていた。足がもつれて、転んでしまう。

「いたっ」

シェイラが転んだことにジョージは気付かない。あっという間に駆けて、屋敷の玄関を開けた。

(あ……これ、まずい)

何とか身体を起こしたシェイラを濃い霧が包んでいく。反射的にポケットに手を突っ込んで、魔法陣を描くための紙とペンを取り出す。けれど、もう間に合わない。

(あ。それ以前に、私は……魔法が使えないんだった……)

そのことに思い至るまでの間に、完全に視界は真っ白になってしまった。

さっきまでキャンベル伯爵家の庭に漂っていた、ハルキイチゴの甘い匂いが全くしなくなっている。

たった一瞬。けれど、ここはもうシェイラが知った庭ではない。

(気温も……少し下がった気がする)

シェイラは両腕をぎゅっと抱え込む。

(前の人生でも、こんな風に霧に巻き込まれたことがあった。あの時は、クラウスと一緒だった)

王城の裏に広がる森は、アレクシアとクラウスの格好の遊び場だった。その時も、二人で遊んでいて霧に包まれたのだ。当然、クラウスは焦ることなく魔法陣を取り出してその場に留まろうとした。

けれど、アレクシアは霧の先に何があるのかを知りたかった。だから、彼の手を止めたのだ。

――その時に飛ばされたのは。

「ここ……知ってる」

目の前に広がるのは、一面の草原だった。樹も花もなくて、見渡す限りの若草色。少し長い草の丈がふくらはぎに触れてくすぐったい。

少しだけ肌寒いものの優しい風が吹いていて、嫌な感じは全くしなかった。

(きっと、あの時も、ここに来た)

アレクシアとクラウスが霧に呑まれた時。あの日も、辿り着いたのはここだった。自分から来たものの、急に怖くなってすぐに魔法陣を描き、王城に戻った。転移魔法が使えたことにひどく安堵したことを覚えている。

壮大な風景を眺めながら立ち尽くしていると、足に草とは違う柔らかいものが触れた。

「……!?」

これは何だろう、と恐る恐る視線を下に落とす。

『みゃー』

「ね、猫……?」

そこにいたのは猫だった。

この何もない草原に、真っ白い猫。一体どこから来たのだろうか。

戸惑っていると、猫はぴょんと跳ねてシェイラの肩にのってきた。身のこなしが軽いだけでなく、本当に重さもない。ふわふわとした柔らかい毛が気持ちよかった。

「ここはどこなのかしら」

答えはないと知りつつも聞いてみる。

『みゃー』

猫は小さな声で優しく鳴いてから、シェイラの顔を舐めた。まるで、大丈夫だよとでも言うように。強烈に感じる魔力の気配は、この猫のものなのだろう。

「あなた、少し不思議ね？」

シェイラは微笑んで、人差し指で柔らかな毛を撫でた。するとお返しかのようにふにゃふにゃのしっぽが髪を撫でてくれて、それは絶望で乾いた心に一瞬で行き渡る。

「私、ここに来たのは二度目なの」

『みゃー』

猫が相槌を打つ。

「この前来た時も、同じぐらいの年齢だったと思う」

『みゃー』

「一緒に来てくれた彼は、もういないの」

『みゃー』

まるで会話をしているようだ。あまりにも心地よいリズムに、つい本音がこぼれる。

「さみしい」

『みゃ？』

一度口にしてしまうと、止まらなかった。

「彼も、誰も、いない。怒りや悲しみを分かち合う相手もいない。さみしい」

前世、クラウスとともに来たことがあるこの場所。無限にも思えるほどに広いこの草原は、記憶の片隅に残っているものと全く変わらなかった。それだけに、空虚さがじわじわと心を抉っていく。

けれど、不思議と涙は出ない。書斎で読んだ書物に残された、たった数ページの続きが自分なんて。現実だと理解はしているのに、受け入れるだけの気力がなかった。

『みゃー』

気が付くと、猫が肩の上でシェイラの顔を覗き込んでいる。

重さのない猫。ふわふわの美しい毛並みに、金色の瞳。そして、何よりも強く感じる魔力の気配。シェイラには魔力がないけれど、この猫が普通の猫ではないのは分かる。

ふと、思い浮かんだ考えを口にしてみる。

「あなたは、精霊？」

答えはなかった。代わりに、猫はするりと肩から腕を伝って手元まで下りてくる。そこには、霧に呑まれる前、キャンベル伯爵家の庭で咄嗟に取り出した紙とペンが握られていた。

『みゃー』

猫は手から紙を一枚咥えて抜き取ると、また肩までやってきた。

「これに……描くの？」

『みゃー』

「……」

まさか、とは思った。けれど、思いついた魔法陣を描いてみる。前世でも数度書いたことがある、精霊との契約の魔法陣を。

精霊がつかさどるプリエゼーダ王国では、儀式などの際に特別な魔法陣が使われることがある。雨乞い、豊作、平和への祈り。

けれど当然精霊の姿は見えない。精霊との契約が成就したかなど、未来になってみないと分からなかった。

「……描けたわ。でも、私には魔力がなくて使えないの……あ！」

シェイラが言い終わる前に、猫は魔法陣が描かれた紙をぱくっと噛む。その瞬間、鈍い光が目の前に広がった。この猫が持つ魔力によって魔法が作動したのだろう。

――そして。

『僕に名前をくれる？』

頭の中に唐突に響いた声に、シェイラは目を瞬いた。

「しゃ、喋った」

『僕の声は、きみにだけ聞こえるんだ』

「……もしかして、今私はあなたと契約を交わした？」

『うん。僕に、大事な名前をくれる？』

「大事な名前」

そこで思い浮かんだ名前に、シェイラの心はまた搦めとられる。

『もし僕が精霊なら、きみが求めている答えも知ってると思わない？　ね、シェイラ。あれ？　アレクシアとどっちがいいのかな？』

「……！」

シェイラの腕の中の猫は、金色の瞳でこちらを見つめてくる。

「……分かったわ。あなたは、クラウスよ」

『そっか。いい名前をありがとう』

たった今クラウスになったばかりの猫は、うれしそうに喉を鳴らした。

「それにしても、ここからどうやって帰ったらいいのかしら。前は魔法で帰ったのよね。でも今の私には魔力がない」

『簡単だよ。転移魔法の魔法陣を描けばいいんだ』

「でも、私には魔法が使えないの」

『大丈夫。とにかく、描いて』

とりあえず、言われた通りに魔法陣を描いてみる。子どもの手で表すには少し複雑な線と数字。行き先はキャンベル伯爵家の庭だった。

「描けたわ」

すると、またクラウスは魔法陣が描かれた紙をぱくりと噛んだ。

「あ」

その瞬間、シェイラの身体は光に包まれる。

(これは……)

なじみ深い、覚えのある魔法の感覚。これは間違いなく魔法が発動している。

気が付くと、シェイラはキャンベル伯爵家の庭にいた。どれぐらいの時間が経っているのか分からなくて周囲を見回すと、頬にふわふわの毛が触れる。

『従騎士なら、ずっと一緒にいなくちゃね？』

猫のクラウスも一緒だった。

「あなたは精霊なのよね……？　そしてアレクシアとクラウスのことを知っている」

翌日の朝。シェイラは朝食用に運ばれたパンケーキをもぐもぐと頬張る、極上の毛並みの猫に問いかけた。

『みゃー』

すると、クラウスは猫っぽく鳴いた。答える気は無いようである。

昨日、シェイラが霧に呑まれていたのは数分のことだった。転移魔法でキャンベル伯爵家の庭に戻ると、兄ジョージが蒼い顔をして玄関に立っていた。

周辺には霧の残骸のもやが少し残っていて、霧に呑まれたのではなくただ転んで見えなくなっていたと思わせるのに十分な状況だった。そしてシェイラは上着の中に猫のクラウスを隠し、自室へと戻ったのだった。

『別に、僕の存在を隠さなくてもいいんじゃない？　魔力の気配は消すし、そうすればただの猫だよ？』

「でもね。この人生で私の意見は何ひとつ通らなそうだわ。猫を飼うことすらね。どうせ、前世の寿命で死ぬんだし不満はないけれど」

『そうかなぁ？』

クラウスは器用にパンケーキを咥えたまま続ける。

『生まれ変わったのには何か意味があると思わない？　例えば、精霊側の事情とか』

「つまり、あなたはやっぱり精霊なのね？」

『みゃーん？』

「もう」

また、ただの猫に戻ってしまったクラウスの前にシェイラはしゃがみ込んだ。

「ミルクもあげるわ」

『シェイラが欲しい答えに辿り着く手伝いをする、僕は』

「こんなに食べ物につられる精霊がいるのかしら」

あまりにも現金な振る舞いに、つい吹き出してしまう。

『やっと笑ったね』

「だって……ふふふ」

『このおいしい食べ物のお礼に教えてあげる。転生者は前世での寿命で死ぬことが多いみたいだけど、一応解決の糸口は示されているんだ。みんな、後悔を引きずりすぎてそこまで辿り着けないけどね。あと、僕と契約を交わしたシェイラはすごくラッキーだよ』

パンケーキの隣のお皿にミルクを注いでいたシェイラの手が止まる。

（……つまり、それって）

『一見、この世界は途方もなく広く見える。でも、全部精霊の手の上かもしれないよ』

「猫の手の上と？」

『みゃーん？』

澄ました顔でミルクを舐めるクラウスを撫でながら、シェイラは鼓動が高まっていくのを抑えられずにいた。

（『一応解決の糸口は示されている』ということは、私の未練を解消する手段が残っているということ。それはつまり）

――もしかしたら今、この世界のどこかに自分の愛した人がいるのかもしれない。

猫のクラウスに出会い、従騎士のクラウスがこの世界のどこかにいる可能性を知ったシェイラは、少しずつ冷静になり始めていた。

（転生を知ってすぐは怒りや絶望の方が大きかったけれど……あらためて、シェイラの人生は理不尽よ）

自分が生まれ変わったシェイラ・スコット・キャンベルは間違いなく芯が通った強い少女である。家族からどんなに虐げられても、その怒りを外に向けたりはしない。

卑屈さはなく、心の中はいつも前向きで。かといって、義兄姉たちに食って掛かるほどの激しさもない。

そのいじらしさに、シェイラは今世での自分をすぐに好きになった。

(私は、とても強い子に生まれ変わったのだわ)

同じ自分ではあるけれど、幼いながらも誇り高い。転生したのが彼女でよかった。

「いいえ、全然よくないわ」

『だよね？　やっと気が付いた？』

シェイラの膝の上で午後の微睡みを満喫していた猫のクラウスが、眠そうに顔を上げる。

「ええ。だって、私は今六歳だもの。前世で城が襲われたのは二十一歳の精霊祭の前日。だから、あと十五年ほどの命しかない！」

誇り高いシェイラとして生きられることを幸せに思った瞬間に浮上したのは寿命問題である。

クラウスがこの世界のどこかにいるかもしれないと気が付くと、少しでも長く生きたいと願うのは当然のことで。

「……それに、もしクラウスに会えた時、どんな関係だとしても私は彼に胸を張りたい」

クラウスにとって、アレクシアは間違いなく高潔な女王だった。何よりも優先するのは国と民のこと。自分のことなど顧みない、唯一無二の存在だったはずだ。

このまま無気力に生きて彼に会うなんて、自分のプライドが許さない。

『じゃあ、そのためにどうする？』

楽しげに膝の上から下りたクラウスに、シェイラは何も言わずに微笑んだ。

拳は握っているけれど、もう怒りではない。この手でできることが、今の自分にはたくさんあるのだから。


次の日。

魔導士の先生がやってくる前に庭に下りたシェイラを見て、パメラが駆け寄ってきた。

「シェイラ様。先生がいらっしゃるまでにはまだ時間が。中でお待ちになってはいかがですか」

「いいの。今日は、先生がいらっしゃったらすぐに見ていただきたいものがあるから」

「魔法陣でも描いたのか？　僕が見てやるよ」

シェイラにつられて庭に出てきたらしいジョージが偉そうに手を出す。シェイラは、それを一瞥するとツンと無視した。

「あっ！　おまえ！」

庭にはジョージの声が響く。急に魔法の練習をする気になったシェイラに、皆が面食らった様子だ。

たしかに、シェイラとして転生したこの身体には魔力が秘められていない。けれど魔法陣を描くことにかけては、少なくともこの家に自分より優れた者はいないと分かっている。

なぜなら、女王・アレクシアはこのキャンベル伯爵家に置かれた近代史や魔法書にも名前が載っているほどの、高名な魔導士だったからである。

「先生、この魔法陣を見ていただけますか」

キャンベル伯爵家に到着した魔導士に、シェイラは一枚の紙を手渡した。

昨日からありえないほど丁寧に描いて仕上げた渾身の一枚。今日する予定の、ある交渉に説得力を持たせるためだった。

「これはなんと素晴らしい」

シェイラが描いた魔法陣を前にした魔導士は固まっている。魔法陣にはいろいろな種類があるけれど、簡単なものほど描き手の技量を誇示しやすい。

例えば、この前ローラが描き損じた魔法陣は、最低限の線が正しい位置に存在すれば発動する。他の線や数字は魔法の質を上げるためのもの。そこがしっかり描かれていれば描かれているほど、魔法の調節しやすさや威力が上がるのだ。

「ただの小さな石を持ち上げるためだけの魔法陣です。先生、私には魔力がありません。六歳で魔法が使えずに、その後魔力を目覚めさせた例はありますか？」

答えを知りつつも、シェイラは聞く。隣で呆気にとられている義兄姉たちに聞かせることが目的だった。

「いえ……記録に残っている限り、ありませんね」

「では、私がどんなに練習をしても無駄ではないでしょうか」

「何を言うのだ、シェイラ。貴族に生まれたものとして、魔法を使うのは当然のことだろう。使えなくてもせめて練習をするべきだ」

ルークが口を挟む。

「でも、先生も今おっしゃっていました。この国の長い歴史の中でも、成長して魔力を持つ例はないと。それよりも、魔法陣を描く練習をさせてください。自分で使えない代わりに、お兄様お姉様のお手伝いができるのではないでしょうか」

「確かに……その方が得策かもしれませんね。それにしてもこれは素晴らしい出来です。……数週間前はこんなにきれいに描けなかったはずですが」

「この前、書斎で魔法書や魔法陣を見つけたんです。それを真似して描いてみました」

アレクシア同様、もともとのシェイラも器用だし頭も悪くない。だから魔法陣を描くことは苦手ではなかった。ただ、幼く真っ直ぐすぎて自分の特技の魅せ方を知らなかっただけなのだ。

「分かりました。魔法陣を描くのにも才能が必要です。お父様にお話ししておきます。きっと、シェイラ嬢は将来国の役に立つ存在になるでしょう」

「ありがとうございます、先生。では、今日の練習は見学にさせていただいてもよろしいでしょうか」

「はい。魔法省に報告して、今後あなたには魔法数学と魔法学の先生を派遣しましょう」

にこりと微笑む視界の端で、義兄姉たちが顔を引き攣らせているのが分かった。

人並みの魔力を持ち人並みに魔法が使えるようになりそうな義兄姉たちと、将来国の役に立つ存在になると褒められたシェイラ。完全に、立場は逆転していた。

シェイラの交渉が終わると、いつも通り魔法の練習がはじまった。ルークから順番に魔法陣を取り出して発動させていくのを、ぼんやりと見つめる。

(そういえば、アレクシアも……幼い頃、王宮の庭でこうして魔法の練習をしたのよね、クラウスと一緒に)

王族であるアレクシアと侯爵家の嫡男であるクラウスは、二人とも大きな魔力を持っていた。同時期に生まれた二人は、剣も魔法も一緒に練習した。今、キャンベル伯爵家の子どもたちがこうやって練習しているのと同じように。

アレクシアとクラウスは小さな頃から競うようにしていたけれど、そのうちに、アレクシアは腕力では彼に敵わないと知る。だから、魔法数学を一生懸命勉強して魔導士を目指したのだ。

そして、生来の器用さと利発さもあり、才能はすぐに開花した。

(あの頃、クラウスはいつも怒っていたのよね。傷を負ってまで剣の練習をしなくていいし、魔法陣を描く練習をするのはいいけど危ないから自分では使うなって……。同じ子どものくせに)

懐かしい想い出に、自然と頬が緩む。そのうちに視界が滲んでいくのが分かった。泣きたくなくて唇を噛みしめるけれど、うまくいかない。

(歴史では、あれから百年が経っているけれど、私の中ではまだ十数日しか経っていない)

「あっ、お前なに泣いてるんだよ！　さっき褒められたのがそんなにうれしかったのか？」

涙がこぼれそうになったところを、ジョージに見られた。彼はあわててポケットに手を突っ込み、ハンカチを探している。

兄のまねをしてシェイラに厳しい言葉ばかりを投げかける彼だったが、この家でパメラの次に優しいのは意外なことにジョージだった。だからこそ、シェイラも彼の発言を心置きなく無視できる。

「……泣いていません」

「いや、泣いていただろう、お前」

「泣いてないです」

「それに、さっき僕のこと無視しただろう」

「それはしました」

「くっ！　わざとか!!」

ジョージはやっと取り出せたハンカチをシェイラに渡してくれた。シェイラは受け取って、顔に当てる。くしゃくしゃだった。

「少し埃っぽいです、お兄様」

「お前なー！」

何だか懐かしい気がする子どもたちの魔法の練習風景の中に、最期まで自分を守ろうとしたクラウスの手を思い出して、シェイラは微笑んでいた。

それから、十二年。

シェイラは十八歳になった。子どもの頃はアレクシアそっくりだった外見も、この十数年の間に髪と瞳の色以外はかけ離れたものになっている。

そして今、兄のジョージとともに頭を悩ませていた。

「……シェイラ、これどうすんだよ」

「どうするって……。お兄様におまかせしたはずよ？」

「無理だろフツー！　この依頼はうちみたいについ最近まで貧乏伯爵家だった家があっさり断っていい相手じゃないだろ！」

「……それもそうね」

二人が打ち合わせをしている別棟のこのサロンは、三年前に造られたばかりのものである。シェイラとジョージがより仕事をしやすくするため、顧客対応用に拵えたのだ。

いつかクラウスに会えた時に胸を張れる生き方をしたいと考えたシェイラが手をつけたのは、

決して裕福とは言えないキャンベル伯爵家の立て直しだった。

子どもの頃に魔法省から派遣されている魔導士のお墨付きをもらったシェイラは、父親に掛け合って商会を設立した。

魔法陣を描くことを得意とするシェイラが目指した商売は至ってシンプル。魔法陣を商品として売るのだ。もちろん、高位魔法の魔法陣などは描かない。けれど、初歩魔法でも質のいい魔法陣は需要があるし、高く売れる。

母親を亡くしたうえ、魔力を持たないシェイラに同情していた父親は甚く協力的で、シェイラが十五歳になるまでは父親の名を使うことを許してくれた。

ついでに一人で商売をはじめるつもりだったシェイラに、ジョージが手伝いを申し出てくれたのは意外だった。

そして、子ども二人ではじめたお遊びのような商会は急成長を遂げることとなる。

魔法陣は魔法を使うたびに必要になる。初級魔法までは印刷物でも発動するが、それ以上のものは手描きでないといけない。そして、魔法の精度を左右するのは個人の魔力量ではなく魔法陣の質のほうだった。

シェイラはまず、初級魔法の魔法陣を自分で簡単に作れるスタンプを売り出すという商業的な禁忌に手を出した。そこでキャンベル商会の名を売り、他業者との市場競争に勝利する。

当時のジョージは『お前顔に似合わずえぐいこと思いつくな』と驚愕していたが、シェイラはいつも通り無視した。

名前が浸透したところで、オーダーメイドの高額な魔法陣を描く事業をはじめる。もちろん、危険な呪いに関するものや攻撃魔法は対象外だったが、良質な魔法陣に飢えていた市場には響いたようで、事業は一躍成功を遂げたのだった。

そして、二人が事業を始めて五年が経つ頃には『キャンベル商会』の名で流通する良質な魔法陣は貴族の間で知らぬ者はいない存在になり、今に至る。

『何、仕事の押し付け合いなんて珍しいね？』

「クラウス」

「お、おまえが行ってくれるのか？」

「もう。お兄様、冗談はいい加減になさってくださいな」

シェイラの側にはいつもクラウスがいる。ジョージはクラウスのことをただの猫だと思っているけれど、一人と一匹の間に特別な関係があるということは何となく分かってくれているようだった。

当然、クラウスの言葉を理解できるのは契約を交わしたシェイラだけ。もちろん、シェイラがどんなに『あなたは精霊ね？』と聞いても首を縦に振ってくれたことはないけれど。

ちなみに、プリエゼーダ王国で魔力を持つのは貴族だけだ。シェイラが商会の主力商品として魔法陣を選んだのは、少しでも多くの貴族と懇意になって、転生者に関する情報を集めたいという理由もある。

もし、従騎士のクラウスが同じ時代に転生しているとしたら、一番出会える確率が高いように思えたのだ。けれど、残念ながら今のところクラウスどころか転生者に出会ったことすらない。

ところで、今シェイラとジョージが二人そろって頭を悩ませているのは、エドワーズ公爵家の女主人からの依頼が原因だった。

「それにしてもなぁ。依頼内容が『高位魔法の魔法陣を描いてほしい』って……。せめて事前に内容は知りたいよな」

「何度かお手紙を出してみたのよ？　でも、内容は会ってお話ししたい、って。市場で流通が許されている普通の高位魔法の魔法陣だったら、こういうことにはならないと思うのよね。つまり」

「戦場で使われる類の魔法陣を描いてほしい、ってことか」

「……」

「……」

あらためて問題を認識した二人はため息をつく。

(戦場で使われる類の高位魔法の魔法陣を描ける魔導士は限られているわ。それに、治安だけではなく国防の面を鑑みてもそういった魔法陣を流通させることは禁じられている。けれど、

名門からの依頼を話も聞かずにあっさり断るわけには行かない）

「……やっぱり、エドワーズ公爵夫人にお会いしてみるわ」

「やばい話だったらどうすんだよ。話を聞いて、あー、それ無理ですごめんなさい～、なんて通用するわけないだろ。無事に帰れるはずがない」

「それはそうだけれど」

（邸に張られた障壁をかいくぐる魔法陣をあらかじめ持って行けば問題ないと思うのよね。お兄様は私がそんな魔法陣を描けるとは思っていないし、魔力もないと思っているからここまで心配してくれているけれど。クラウスと一緒なら大丈夫な気がするわ）

『みゃー』

シェイラの考えを察したのか、クラウスは肩の上で猫っぽく鳴いている。

「明日、行ってみるわ。エドワーズ公爵家に」

「分かった。せめて、公爵家の門まで送るわ」

「……ふふっ。ありがとう、お兄様」

十二年前、長兄ルークと一緒になってシェイラに厳しい言葉を浴びせていたのが嘘のように、ジョージはいい兄になっていた。

もちろん、当時も一応優しくはあったのだけれど。

その夜、シェイラが見た夢は不思議なものだった。

アレクシアとクラウスは、森にいた。樹々が深すぎて、太陽の光がなかなか地面まで届かない鬱蒼とした青い森。

その中の、一か所だけ草や木が生えていない場所。幼い頃大人たちに作ってもらったベンチがあるその陽だまりの中に、アレクシアは座っていた。

目の前には、自分に跪くクラウスの姿がある。

転生してから何度も夢に見た、青年の彼ではない。まだあどけなさを残す少年のような顔立ちだ。けれど、瞳には真剣な鋭い光を浮かべてこちらを見上げている。

「王女。どうして俺を専属の従騎士に選んだんだ」

（……？）

確かに、こんな場面があった気がする。それはいつだったろうか。そして、自分は何と答えたのか。

いつも冷静なはずのクラウスには悲痛さが見えた。理由は分からないけれど、彼は酷く傷ついている。そう思ってアレクシアは手を伸ばす。あと少しで手が彼の銀色の髪に触れそうになったところで。

そこで、夢は終わりだった。

「あの時、私は何と答えたのかしら」

「知らねーよ！」

『しらねーよ！』

悪態をつくジョージに猫のクラウスまで同意したのに気が付き、シェイラは我に返った。

「ごめんなさい。昨夜見た夢のことを考えていたわ」

「これからエドワーズ公爵夫人に会うんだろう。ぼーっとしてたら危ないぞ。しっかりしろよ」

「はい。行ってまいります」

シェイラとジョージ、クラウスが乗った馬車はいつの間にかエドワーズ公爵邸に到着していた。

(先方の希望で、お兄様はここでお留守番。公爵夫人とお話ができるのは私だけ)

ジョージに見送られて邸に案内されたシェイラを待っていたのは、上品な老婦人だった。

「お待ちしておりましたわ。どうぞこちらへ」

「……お招きいただき、ありがとうございます」

長椅子に座ったままにこりと微笑んだエドワーズ公爵夫人に嫌な感じはしない。

『……僕、寝てるね』

案内されるままシェイラが椅子に腰を下ろしたのを確認してから、クラウスは同じ椅子の隙間に丸まり昼寝を始めた。まるで本物の猫のように自由気ままである。

「本日は、どのようなご用向きでいらっしゃいますか」

「高位魔法の魔法陣を描いていただきたくて。市場では流通していないものだから諦めていたのだけれどね……。キャンベル商会には凄腕の魔導士がいると聞き、お招きしたのよ。まさか、こんなに可愛らしいお嬢さんなんてね」

穏やかな物腰の夫人は七十歳ほどと言ったところだろう。

「高位魔法の魔法陣と言っても、ご期待に沿えるものとそうでないものがあります」

「欲しいのは、戦場で使える魔法陣よ」

「……それは」

できない、と答えようとしたシェイラは目を見張る。さっきまで上品な笑みを浮かべていた夫人の表情が、まるで頰を染めた少女のように見えたのだ。

「ふふっ。ごめんなさいね？　こんなおばあちゃんになってもまだ浮かれてしまうなんて……恥ずかしいわ」

「……可能であれば、ご事情をお伺いしてもよろしいでしょうか」

「ふふふ。この話をするために、今日は人払いをしてあるの」

人払い、という言葉にシェイラは身構える。しかし、紡がれたのは思いもよらない話だった。

「私、転生者なのよ」

「……！」

シェイラの動揺は予想の範囲内だったのだろう。エドワーズ公爵夫人はそのまま続ける。

「私の前世は数百年前に生きた、ある貴族の令嬢だったの。私には将来を誓い合った恋人がいた。親が決めた婚約者だったのだけれどね？　それでも、私は彼のところに嫁げる日を楽しみにしていたわ。でも、ある日戦争が起きて彼は戦地に赴くことになってしまった。彼に身を守れる強力な防御魔法の魔法陣を持たせたくて、私は奔走したわ。けれど、戦時下でそんなものを小娘が手に入れられるはずはなかったのよ」

しんみりとため息をつくエドワーズ公爵夫人に、シェイラはその結末を知った。

「前世で……寿命を迎えられるまで、そのことがずっと心残りだったということですね」

「ええ。でも、私はこの人生がとても幸せだったわ。でもね。死ぬ前に、あの時彼に持たせられなかった魔法陣を手にしてみたいと思うようになったのよ。あっ、これは夫には内緒よ？」

悪戯っぽく微笑む姿に夫人の前世での若い頃の姿が想像できて、シェイラはぎゅっと拳を握る。

「……戦場で使われる魔法陣でも、防御魔法であれば法に触れることはありません。ご依頼、承ります」

「うれしいわ！　いつできあがるかしら？」

「少しお時間をいただければ、ここで描かせていただきます」

夫人の心残りは、どうしても他人事と思えなくて。シェイラは、愛用している魔法陣ケースを取り出したのだった。

シェイラの魔法陣ケースは、前世でアレクシアが使っていたものに似せて作った特別なものだ。キャンベル商会の仕事をする時だけではなく、自室にいる時でさえ常に目の届くところに置いてある。

その蓋を開けてペンと紙を取り出し、シェイラは魔法陣を描きはじめた。

コンパスで円を描き、その中に多角形をあてはめる。さらに定規を使い、対角線上に真っ直ぐな線を引いていく。古語で書く精霊への祈りの言葉は先が細いペンを使って潰れないように。反対に、魔法数学の計算式から導き出される数字は大きく大胆に。

どれぐらいの時間が経ったのだろうか。シェイラが集中して作業に没頭するのをエドワーズ公爵夫人は姿勢を崩さず穏やかに眺め、猫のクラウスは隣にぴったりくっついて眠っていた。

いつの間にか、サロンには夕暮れのオレンジ色の光が差し込んでいる。コトン、とペンを置いたシェイラは夫人に告げた。

「完成いたしました。強力な防御魔法の魔法陣です」

「まぁ！　本当にすごいわね、これは」

夫人はシェイラに手渡された紙を目を細めて眺めている。

「攻撃魔法だけでなく、使用者の身をあらゆる災厄から守ります。効果は一刻。それだけあれば、最悪の状況からの撤退が可能です」

「でも……これを使いこなせるのは生まれつき魔力に優れ、かつ相当訓練された騎士だけね。ふふ。数百年前、あの方にお渡しできたところで無駄になっていたかもしれないわねえ」

屈託のない笑みを浮かべる夫人に心残りはもう見えない。けれど、彼女の前世での心残りが『戦地へ赴く彼に魔法陣を渡したかった』である以上、寿命に関する制約は解けないのだろう。

(私も、彼を守りたかった)

ふと、そんな想いが胸に込み上げてきて言葉に詰まる。きっと、今日は明け方にあんな夢を見てしまったせいだろう。

十八歳という自分の年齢。それは、寿命まであと三年を切っていることを示している。

転生したと気付いてから十二年間。いつかクラウスに会えた時のために、彼が想う『アレクシア』に恥じない生き方をしてきた。

けれど、現実は彼に会えるどころか、転生者に会ったことすら今日が初めてで。

「それにしても、このクラスの魔法陣をこんなに短時間で描けるものなのね。てっきり、数週間はかかるものと思っていたわ。噂通り、キャンベル商会には凄腕の魔導士さんがいらっしゃったわ」

「いえ……本当はもう少し時間がかかります」

ペンやコンパスを片付けていたシェイラは、軽く微笑んでから小声で付け足した。

「……以前にも描いたことがあるのです。その計算や書き方を、覚えていました」

「隣国に対する軍事行動は許可しないわ。和平交渉を持ちかけているのに、欺いて先制攻撃を仕掛けようだなんて馬鹿げている」

長い長い会議。その最後に、アレクシアはいとも簡単に結論をひっくり返した。

「へ……陛下。それは、時間をかけてご説明申し上げました。この秋は不作でした。民は飢えています。領土を広げれば、すべて解決しましょう」

「ふふっ。あなた、随分と都合のいい世界に生きているのね？」

アレクシアは卓に肘をつき、斜に構えて声の主を見上げる。一見妖艶にも見えるが、その姿勢は完全に挑発的なものだった。そして、事もなげに続けた。

「それで、この作戦が実現したらあなたたちの手にはいくら入る予定なの？　どんなおいしい見返りが？　それを説明するきちんとした資料が出せたら考え直してあげてもいいわ？」

この案を議論して欲しいなら自分の地位と引き換えにしろ、というアレクシアの強烈な拒絶に、議場の一部からはため息が漏れる。

「……お心のままに」

大臣は唇を噛みしめてすごすごと引き下がっていく。会議は、終わりだった。

「陛下」

「何？」

「この後の予定ですが、一時間後にスート領主との面会があります。それまで休憩をされては」

「そうするわ、クラウス」

この国の女王・アレクシアは二十歳で王位を引き継いだ。まだ八歳の弟、リチャードが即位するまでの繋ぎの存在である。

父王には子どもが少なく、そのうえかつてこの国には流行り病があった。そのせいできょうだいはリチャードとの二人きり。

早くから史上初めての女王になる可能性を指摘されていた彼女は、小さい頃から英才教育を受けて育ち、あらゆる能力に於いて同世代の貴族子弟の中で傑出していた。

その傍ら、彼女とほぼ同じくらいの成績を収めていたのが、ワーグナー侯爵家のクラウスである。家柄と優秀さを考慮し、彼がアレクシアの側近に収まるのは当然のことだった。

来たる弟・リチャードが治める世のために、アレクシアは周辺国と良好な関係を築くことに尽力している。

「……見て。今日の夕焼けは酷く不気味な色をしているわ。なんだか不吉ね」

「確かに」

執務室に隣接した応接間。窓際に座ってティーカップを持つアレクシアにクラウスは表情を崩す。この部屋には、二人しかいない。

普段は完全な主従関係にあるけれど、他人の目がないところではただの幼なじみに戻る。

「あの領主との面会は憂鬱だわ。舐めるような目で見てきて、本当に腹が立つ」

「ただのカボチャだと思えばいい」

「カボチャに失礼だわ」

「とはいえ」

「何？」

「今日のドレス、少し肌が見えすぎじゃないか？」

「……相手を油断させるにはちょうどいいの」

「王女の考えはよく分かっているが」

クラウスからの呼び名が、二人だけの時に使われるものに戻った。

そして彼は複雑そうな表情を浮かべると、目を逸らし椅子の背にかかっていたストールをアレクシアの肩にかけた。

銀色の髪に、透き通った深い紺碧の瞳。普段、貴族令嬢からの羨望を集める彼の整った顔には、不満の色が見える。

「ありがとう」

今は無邪気な微笑みを浮かべているアレクシアだが、本来は極めて策略的なタイプだ。この国では不利な条件になりやすい『女』という性別ですら、彼女にとっては手段の一つでしかない。

何事にも妥協しないその姿勢は国の重鎮たちからは苦々しく思われているものの、若い側近や大臣たちからの評判はすこぶる良い。女官や侍女たちからも好かれていた。

コンコン。

「何だ」

「失礼いたします」

クラウスの返答から間を空けず、応接間に入ってきたのは女官のマージョリーだった。

「今夜、陛下はどちらのお部屋でお休みでしょうか」

「いつもと同じじょ。自分の部屋で休むわ？」

「承知いたしました。いつも通り、ホットワインの準備をしておくように申し伝えます」

「ありがとう」

マージョリーが退出した後で、クラウスは怪訝な表情を見せた。

「今の……少し変じゃないか。王女が自分の部屋以外で休むことなんかないだろう」

「明日は新年を祝う精霊祭だもの。里帰りをしている人も多いし、城内はいつもより手薄よ。念のために確認して、警備の配置を考えたいのでしょう」

マージョリーは学校を卒業してからずっと王宮に仕え続けるベテランの女官だ。器量はよくはないものの、仕事ぶりは非常に優秀。彼女は忠臣そのもので、アレクシアはマージョリーのことを信頼していた。

「……そうか。明日は精霊祭か」

「そうだ、クラウスを誘おうと思っていたの！　私、明日の朝早くに部屋を抜け出すわ。だから、城壁の上で一緒に日の出を見ない？」

「あのな。二十一にもなって、王女は本当に……」

「いいでしょう？　年に一度の新年を迎える特別な日よ？」

「……はー」

クラウスの承諾は前提の誘いである。呆れたような彼の表情に満足して、アレクシアはアイリスの花の飾りがほどこされたケースを開ける。中には魔法陣を描くための真っ白い紙とペン、そして丁寧に描かれた数枚の魔法陣が入っていた。その一枚を手に取るとクラウスに渡す。

「見て。今これを描いているところなの。あとほんの少しで完成するわ」

「これは……相変わらずすごいな」

「ふふっ。強力な防御魔法の魔法陣よ。いざという時、あなたを守れるように。……新年の贈り物だから、頑張ってみたの」

受け取った紙を夕日に透かして模様を眺めていたクラウスが一瞬手を留めた。

「……王女。そういうことをする時間があるなら、少しは休めといっているだろう？　君は誰よりも激務で、しかも代わりがいないって分かっているのか？」

「分かっているわよ。……でもこれぐらい、いいじゃない」

今、アレクシアが彼に渡した魔法陣は高位魔法だ。けれど、その気になれば王宮の魔導士でも描けなくはない。高名な魔導士でありこの国の君主でもあるアレクシアがわざわざ休息の時間を削って描くようなものではなかった。

（クラウスは私の盾。だから、せめてそのクラウスを守るのは私が描いた魔法陣であってほしいだけ）

喜んでほしかったのに、怒られてしまったアレクシアは口を尖らせた。

その表情を見たクラウスは、一瞬アレクシアに触れようとする。はちみつ色の、緩やかなウエーブがかかった髪に。

しかし、すんでのところで手を止める。アレクシアの方もその仕草に気が付いたけれど、何も言わない。

女王・アレクシアは弟が即位するまでの繋ぎの存在だ。だから世継ぎは必要なく、期間限定の執務に集中するためという名目で誰とも婚姻を結んでいなかった。

もし誰かを迎えるとすれば、隣国の第二王子辺りになるというのは明白。しかし狡猾な表情

を見せる女王としては意外なことに、アレクシアは一人を想い続けていた。

アレクシアにとって、クラウスは一筋の光。棘だらけの暗闇で傷つきながらも、彼さえいればどんな重圧にも耐えられた。一方のクラウスにとってアレクシアは不可侵である。

大国の女王と従騎士という関係は、この国では恋愛を許されていない。だから、お互いに絶対に口には出さない。けれど、二人は確かに想いあっていた。

しっかりと一線を引きつつも、お互いの気持ちは伝わっていて、なにものにも動かされない関係である。

——王位を無事に弟のリチャードに譲るまでは。

アレクシアには、それが微かな希望だった。

しかしその夜、奇襲により城は陥落する。

クラウスの義憤にかられた瞳と、先送りにしていた気持ちへの後悔。愛する人に、初めて、強く抱きしめられた痛み。

それが、アレクシアの最期の記憶となった。

「——っっ!!」

バサッ。

暗闇の中、彼は飛び起きた。広いベッドの上、天蓋は下りたままである。銀色の髪は汗でびっしょりと濡れている。

彼は荒く肩でしていた呼吸を整え、頭をぐしゃぐしゃっとかき乱すと、もう一度深く息を吐いた。

「どうかなさいましたか」

隣の部屋で休んでいた側近が、ただならぬ気配を察して声をかける。

「……いや。何でもない。下がれ」

「御意」

「……」

側近が下がったのを確認して、彼はベッドの脇に置かれたチェストの引き出しを開ける。

そこから、一冊の本を取り出す。

すっかりぼろぼろになった、古い本。魔法を使えば新品のように綺麗にできるが、彼は絶対にそれを望まなかった。ページを開くと、そこには子どもの字で魔法陣や魔法数学の計算式が書き連ねられている。

この本は奇跡的といえるほどに保存状態がよかった。そのうえ、見つけた時点で状態保存の魔法をかけることができた。けれど紙はすっかり変色しているし、インクも薄くなっている。

それだけ、長い年月を経たものだった。

そして、最後のページには一枚の写真が挟まっていた。

写真に写っているのは、二人の子どもだった。

ただの子どもではない。当時の王女と有力侯爵家の嫡男である。

年の頃は十歳ほど。王女の、緩やかな弧を描く滑らかな髪に意志の強さを感じさせる瞳。この頃の彼女は既に自分の美貌には価値があるものだと知っていた。

民のため、利用できるものは何でも利用する。そのことに何の疑いも持たない彼女は高貴で眩しく、そして危なっかしかった。

この写真は『魔法を使わなくても絵姿が残せる道具』を隣国の商人が持ち込んだ日、新しい物好きの国王が二人を被写体にして撮らせたものである。

父親に似て好奇心旺盛な王女の瞳が輝いているのは、古い写真ごしでも明らかだった。そして、隣に立つ少年が彼女を心配そうに見ているのが少し笑えた。

(確かこの日の前日、アレクシアは徹夜で魔導士の先生のところに行っていたんだよな。まぁ、『押しかけて無理やり講義をさせた』が正しいが。その後休憩もせずに商人との面会に。……俺は、心配で仕方がないって顔をしてるな)

彼は写真を眺めて落ち着きを取り戻す。王女の性分を思い出させる、当時の想い出に口元が緩んだ。

手には汗がにじんでいた。この写真は、彼にとって何よりも大切だった。だから念のため複製したものを別の場所で保管してある。

けれど、当時の空気と手触りをそのまま残しているのはこの原本一枚だけ。できるだけ汚したくなくて、少しの間だけ見つめてからそっと本の中に戻す。

この写真は、かつて女王・アレクシアの従騎士を務めたクラウスの生家であるワーグナー侯爵家の書斎で見つけた。

そのクラウスはとうの昔に死んでいる。けれど、彼の主君だった女王・アレクシアは自分の身と引き換えに使用人や民を守ろうとし、今に名を遺した。

内乱によって城は一時的に落とされたものの、クーデターはたった三日で収束したらしい。王族の遠縁を新たな国王とし、綻びを見せたプリエゼーダ王国はまた平和な世へと歩んで行った。

「……なぜ、王女ではなく俺のほうが転生した」

彼女が即位した後も、自分だけに許された呼び名。やり場のない怒りを孕んだ低い声が、暗闇に響いた。

まだ夜明け前である。前世での最期の記憶は夜に眠ると彼のことを必ず襲う。

今日も、もう眠れる気はしなかった。

「殿下。国王への即位式の件ですが、招待客リストの確認を」

「そこに置いておけ。順に確認する」

フェリクス・オーブリー・ハルスウェルは今のところこの国の王太子である。

光を浴びると輝く銀色の髪に、紺碧と金色のオッドアイ。外見の美しさ・稀さもさることながら、その優秀さに側近たちは皆舌を巻く。

半年前に国王が病で逝去してから、既にフェリクスは実質的な国王の地位についていた。けれど、喪が明けて初めての儀式——、一か月後に行われる国王への即位式を終えるまでは、まだ対外的には王太子である。

「ご機嫌斜めですか」

「……夜に寝たからな」

こめかみを押さえるフェリクスに、側近のケネスが呆れたように言う。

「申し訳ありません。国王への即位式を終えるまでは、お昼寝の時間はないものと思ってください」

「……分かっている。それよりも、あの件はどうなっている」

「ああ、妹君の縁談の件ですね。お相手のリストアップはしていますが、なかなか」

「相手は他国の王族では駄目だ。国内の信頼できる貴族から厳選しろ。能力と人望があれば、最悪家の爵位は低くてもかまわない」

「……御意」

ケネスはため息をついて続ける。

「それよりも、陛下」

「まだ殿下だ」

ケネスは訂正しない。

「ご自分の後宮の件はいかがなさいますか。そろそろこちらも人選を進めていただきませんと」

「俺の代では不要だ。予算は他のことに使え」

「しかしそういうわけには。仮にお迎えになるのが正妃お一人としても、女官の雇用の面もありますし。貴族たちの諸々の不満を抑えるために後宮は必要かと」

「……それならお前に一任する。ただし俺は無関係だ。好きにしろ」

「……御意」

一礼して執務室を出て行くケネスを見届けた後、一人執務室に残ったフェリクスは両手で顔を覆った。

彼もまた、転生し前世の記憶を持っている。前世の名はクラウス。この王宮の執務室は、彼にとってどこよりも安らげ、そして辛い場所である。

（……あと三年しかないが、まだ三年もあるのか）

前世、二十一歳で死んだ彼がその年齢になるまではあと三年ほど。

フェリクスは生まれた時から前世の記憶を持っていた。時々頭の中に流れ込む、知らない映像。それが前世のものなのだと思い至った瞬間、フェリクスとクラウスの意識は一つになった。

当然、フェリクスはすぐにアレクシアを捜した。前世の彼女は女王でありながら高名な魔導士でもあった。彼女の性分を思えば、自分の知識や技術を生かして人々のために貢献したことだろう。

というか、彼女に陶酔するフェリクスからすると周囲がアレクシアを放っておくことなどありえない。けれど、どんなに資料を探してもこの百年の間にアレクシアらしき存在は見当たらなくて。

もし彼女が転生したとしてもそれは自分が前世と同じ寿命で死んだ後のことになるのだ、と理解した彼が始めたのは、王位を継ぐ準備だった。

女王・アレクシアが国のために何を犠牲にし、どんなに心を砕いていたのかをフェリクスは事細かに知っていた。

彼女が転生し、自分の前世を理解した時に絶望することがないよう、彼女が理想とした平和な世界を後世に繋いでいく。

その裏にあるのは、周囲からの重圧と、志半ばで死ぬことへの恐怖、前世での後悔。

今の彼の心の拠り所は、前世で一人同じ場所に耐えていたアレクシアだけだった。

「ここで、前世での俺の心残りが叶うことなどありえないのだからな」

がらんとした執務室の空気に、ぽつりと呟いた言葉が吸い込まれていく。この城は、必死の思いで彼女と逃げ出したあの夜から、悔しいほどに変わらない。

『ふふっ。随分弱気なのね？』

かつて二人で過ごしたこの部屋のどこかから、そんな勝気な言葉が返ってくる気がした。

第二章　邂逅

「シェイラ嬢。私と君の婚約を白紙に戻したいのだが」

目の前の男の言葉に、シェイラは目を瞬かせた。ぱち、ぱち。……やはり意味が分からなかった。仕方がないので、隣で足を組んで座るジョージに聞く。

「ジョージお兄様。私、この方と婚姻に関わる契約を交わしていたかしら」

「相変わらず面白いことを言うな、お前。答えは否だ」

口の端を持ち上げたジョージが言うのを確認して、シェイラは彼に向き直り、大輪の花のような笑みを浮かべた。

「ということですので、お引き取りを。お出口はあちらですわ」

「えっ」

男の瞳もまた、聞いていない、というように揺れている。スッと立ち上がり、出口へとエスコートしようとするジョージに、男の隣に座っていたローラが立ちはだかった。

「シェイラ。あなたはとっても凄い子よ。魔力は皆無だけど、その分魔法陣を描くのが上手なんだもの。しかもまだ子どもだったのに事業を起こして家を立ち直らせちゃうんだから」

ふかふかの分厚い絨毯に、大理石の調度品。確かにこのサロンにあるものはすべて、少し前のキャンベル伯爵家にはありえなかったものである。

抑揚のない形ばかりの褒め言葉に、ジョージがため息をつく。

「ローラ。大体にしてなんでお前がサイモンの隣に座ってんだよ。会ったことないはずだろ」

「うるさいわねえ。ジョージお兄様は黙っててくださる？」

（また、ローラお姉様なのね……）

たおやかな笑みを湛えつつも、シェイラは内心うんざりしていた。

「ローラお姉様。まず私は、こちらのサイモン様だけではなく、どの殿方とも婚約をした覚えはありませんわ。私はこの商会を切り盛りしていくので精一杯です。とにかくお父様にお話を。何かの間違いですわ」

ここ数年のシェイラの悩み。それは、両親がやたらと縁談を持ち込んでくることだった。その裏にはさっさと義妹を家から追い出したいというお姫様体質のローラの進言があることは明白である。

けれど、父親はさすがにそこまで薄情ではない。縁談があるたびにシェイラの意思を尊重してくれていた。だから、このような事態——知らない間に婚約をしていて、しかも破棄されるなどという驚愕の展開はありえないはずだったのだけれど。

「シェイラ。私、最初っからあなたのことが気に入らなかったの。私より少しだけ美人で、生まれた家が少しだけ高貴で、私より少しだけ頭がいい」

ローラの発言に、シェイラはこの婚約破棄がどのような性質のものなのかを知る。

「何言ってんだよ。おまえより頭がいいのは少しだけではないだろう」

「もう！　ジョージお兄様は黙ってて！」

ジョージの言葉に、ローラは目をつり上げる。

「……すまない。私も話してもいいだろうか」

ローラの隣で大人しくしていた彼がやっと口を開いた。彼の名はサイモン。たった今シェイラに婚約破棄を申し出た彼は、大富豪として名を馳せるフォックス男爵家の嫡男である。

フォックス男爵家は豪商だ。アレクシアの時代にも当然存在し、王宮との付き合いもあった。新興の商会であるキャンベル商会とは格が違う。

ジョージとは二年前まで通っていた貴族学校の同窓であり、シェイラも知らない存在ではない。

「ええ。もちろんです。正直、何が何だか分かりませんの。詳しくお話を」

この後に出てくるのであろう話を想像しながら、シェイラは覚悟を決める。

「半年前、うちはキャンベル伯爵家を通じてシェイラ嬢に縁談を申し込んだんだ」

「ああ、魔法陣の事業を取り込みたかったのですよね」

「まあ、そうだね」

包み隠さないシェイラの物言いに、彼は苦笑いを浮かべた。人並みに整ってはいるが、食えない笑顔である。

シェイラは、その申し出を確かに覚えている。両親がシェイラに持ってきた最後の縁談だったからだ。それ以来、シェイラへの縁談の話はぴたりと止んだ。

「あの話が来た時、なんでローラじゃなくてシェイラなんだって疑問だった。……サイモン、お前の女の趣味の悪さは有名だからな」

事の次第を理解しつつあるジョージの声が冷たくなっていく。

「そう。私は、清廉で品行方正なお嬢様よりも、奔放な悪女のほうが好きでね」

見つめ合うローラとサイモンの手は繋がれていて、指を絡め合っている。

「それにしても、シェイラ嬢が婚約を承知していなかったなんてな。やるな、ローラ」

「うちでは、ジョージお兄様とシェイラ以外は知っていましたわ。内緒にしていても、シェイラならいざとなればフォックス男爵家に嫁ぐと。それがシェイラにとっての幸せだと皆思っています」

「そうすると、シェイラ嬢との婚約を破棄してしまったら、私とローラが結婚するのは難しくないか」

「大丈夫。だってお母様は、本当は私とサイモン様の結婚を望んでいたもの。私にシェイラみたいな才能がなくて残念だって何度も嘆いていたわ。お父様はお母様の言いなりだし、問題ないですわ」

ローラとサイモンの楽しげな会話に、シェイラは頭がくらくらした。

「……分かったわ。つまり、こういうこと？　私は一度婚約をお断りしたけれど、実際にはお父様を言いくるめて家同士で婚約を進めていたと」

「そうだ。もちろん、婚約破棄前提だなんて君の父上には言っていないけどね。でも、立て直したばかりの貧乏伯爵家なんて、金の力で何とでもなる」

「婚約宣誓書はどうしたのかしら？」

シェイラに怒りはない。平坦な声で聞き返す。

「もちろん、半年前に王宮に提出済みだよ。君の両親が書いてくれたからね。ああ、早く取り下げないといけないね」

かつてのアレクシアが頻繁に相手にしていた、血の通わない笑顔。不本意にも懐かしさを覚えたシェイラは、ふー、と深く息を吐く。

どうやら、どう転んでも、してもいない婚約を破棄されるようである。普通の貴族令嬢であれば、傷物として見られてもおかしくない。

これは、ローラと結婚したうえで、どこにも嫁げなくなったシェイラをキャンベル商会で一生働かせようという魂胆なのだろう。

（この人生でも、また裏切り、か）

「ジョージお兄様。これは、結構酷いお話ね？」

一通り聞き終えたシェイラは、自信たっぷりに微笑んで首を傾げた。

「……だから、なんでそんなに余裕なんだよ、お前は！　つーか、ローラもサイモンもここを出て行け。不快だ」

さっきまで冷やかしながら成り行きを見守っていたジョージの目には、怒りが滲んでいた。

「お父様、ローラお姉様に事情は聞きました。どうして私に婚約のことを教えてくださらなかったのですか」

サイモンとローラはジョージによってサロンを追い出された。二人は不満そうにしていたが、この家で兄妹間の上下関係は絶対である。

ため息をつきながらその様子を見守ったシェイラは、その後すぐに父親のいる書斎までやってきていた。

冷静に問い質すシェイラに、父は頭を抱えている。

「それは本当に済まなかった。ただ……シェイラはずっと独り身が良いと言っていただろう？　もし、将来考えが変わった時にいい相手がいないと困るのではと思ってな。フォックス男爵はいつまでも待ってくれるというものだから。さすがに、大人になればシェイラの考えも変わるだろうと。……まさか、こんなことになるとは」

「こんなことになる、って。ローラは母上そっくりだろう？　シェイラに内緒で話を進めようとした時点で何か裏があるって気付けよ！　少し考えれば分かることだろう。どうなってんだよ、この家は！」

代わりにジョージが怒ってくれればくれるほど、シェイラの頭は冷えていく。

「……お父様。キャンベル伯爵家の一員として、これまで私は尽くしてまいりました。この後は私にどんな期待を？　サイモン様とローラお姉様は婚約破棄で私をわざと傷物にし、社会的な立場と意思を奪ってこの家に留め働かせたいようですが」

「いや、それだけはさせない。……済まなかった」

父親の謝罪を、シェイラは諦めの境地で眺めていた。

（お父様は優しいけれど、それはローラお姉様やお母様に対しても同じこと。きっと、泣きつかれたら約束は簡単に反故にされるわ）

さっき、サイモンの話を聞いた時から、シェイラは何もかもを置いてこの家を出るつもりでいた。自分がいなくなれば、商会が立ち行かなくなるのは目に見えている。あの狡猾なサイモンのことだ。そうすればローラとの縁談もなくなるのだろう。

婚約自体をシェイラが拒絶していたと知っても、サイモンとローラはシェイラが傷物扱いになることを恐れていると信じて疑わなかった。それが滑稽すぎて、シェイラは笑いがこらえきれなかったのだ。

(でも、それではジョージお兄様の立場が)

憎まれ口を叩きつつ、これまでジョージはずっとシェイラの味方だった。口はものすごく悪いけれど、信頼できる兄である。

自分一人だけ逃げて、兄に後処理を強いるわけには行かない。シェイラはジョージの立場をどうするか、それだけを考えていた。

「しかし、ちょうどよかった」

黙り込んでしまったシェイラが謝罪を受け入れたものと思い込んだ父親が、暢気に続ける。

「さっき王宮に行ってきたところなのだが。もうすぐ、新しい国王陛下が即位されるだろう。その後宮に上がる令嬢を探しているらしくてな」

話の流れを読んだシェイラは先回りをする。

「……それは、女官ということですよね」

「いや、寵姫のほうだ」

「えっ」

「はぁ？」

シェイラとジョージは同時に声をあげた。兄がまた怒りを爆発させそうだったため、シェイラは横目でちらりと見ながら補足する。

「一応、名誉なことですわ、お兄様」

「知ってる。……にしても、この話の流れで言うことかよ」

精霊に対する信仰が厚く、また繁栄を善しとするプリエゼーダ王国には、後宮が存在する。女王・アレクシアの代ではなかったが、彼女も将来は弟のために準備するつもりだった。

「お父様。……傷物、では後宮には上がれないかと」

「いや。王太子殿下は変わったお方のようでな。身元が確かな貴族令嬢であれば細かい点は問わないのだそうだ。正妃を置いたうえでの人数合わせなのだろうという専らの噂だ。どうだ、悪い話ではないだろう」

（……現在の王太子殿下はあまり表には出ていらっしゃらないけれど、後宮には興味がないのね。まともな方のようだわ）

暫しの間、シェイラは考え込む。

（まず、この家に残るという選択肢はないわ。一人で家を出るにしてもローラお姉様やサイモン様からの干渉が絶対に面倒だしジョージお兄様のことが心配だわ。けれど、私が後宮にいる間は背後には王宮がある。お兄様に手出しはできない。……それに、王太子殿下とお近づきになれれば今よりもたくさんの情報が手に入るかもしれない。この国のすべての貴族と付き合いがあるんだもの）

シェイラは、あっさり覚悟を決めた。

「お父様。私がキャンベル伯爵家の令嬢として後宮へ上がる代わりに、お願いがございます」

「ああ、何でも聞こう」

「キャンベル商会の全権は、ローラお姉様とサイモン様ではなくジョージお兄様に。契約魔法を使って正式に契約を締結しましょう」

「ああ、そんなことか。もともと二人で頑張っていたのだから、好きにしなさい」

思慮が浅いタイプの父は、ニコニコと微笑んでいる。

「正式な契約魔法、って。そんなん、相手を服従させる高位魔法だろう。描ける魔導士は少ないし、上位貴族の間でさえなかなか流通しない。うちでなんか手配できないだろう。何か月かかるか」

ジョージは表情を曇らせる。

キャンベル商会の実務は、実質シェイラとジョージで行っていた。シェイラはオーダーメイドの魔法陣を描くのを担当し、ジョージは顧客に合わせて魔法陣を探すいわば問屋のような役割をしていて、流通事情には詳しい。

「大丈夫。伝手があるから、すぐに準備できるわ」

「伝手があるって言ったって……」

「大丈夫。お兄様に引き継いだ後も、お得意様からのオーダーについては仕様書を送ってくれれば私が向こうで描くわ」

後宮での暮らしは、シェイラにも何となく分かる。主君の渡りがある時以外は基本的に自由なはずだ。しかも、父の話ではその役目自体もこなさなくていいらしい。ローラが聞いたら、サイモンなど放り出すのではないだろうか。

(私があと三年で死ぬ可能性を考えても、決して悪い話ではないわ。いずれ、ジョージお兄様に商会を引き継ぎたいと思っていたし)

こうして、シェイラの後宮入りは決まったのだった。

そこから数週間。

昨日は新しい国王陛下の即位式があったらしい。式典への招待を受けた父と長兄ルークは王宮へと出向いたが、シェイラにとっては至って普通の一日だった。

まず、自分で描いた魔法陣を使い、ジョージを呼んでキャンベル商会に関する魔法契約を結んだ。内容は、この商会の全権はジョージにあること、それは誰にも侵すことができないこと、権利変更時の諸々、などである。

これでローラとサイモンに手出しは不可能になった。

入手が極めて難しい契約魔法の魔法陣をシェイラがあっさり手に入れたことに、ジョージは思うところがあった様子だった。けれど、シェイラはいつも通り無視した。

それから、一応は「輿入れ」である。ローラがずるいずるいと騒ぐので、刺激しないよう、パメラに揃えてもらった一通りのものをジョージの転移魔法で王宮に送った。

顧客向けでは絶対にしない、簡略化した転移魔法の魔法陣を渡された兄は衝撃を受けていたけれど、それもまたシェイラはいつも通り無視した。

『明日から、前世でアレクシアが過ごしていた場所に行くんだよね？　パンケーキはあるかなぁ。僕、あれがないと生きていけないんだけど』

「もちろんあるわ」

『みゃー！』

クラウスはいつも通り、シェイラが作業しているのを寝そべって見守ってくれた。

大切な魔法陣ケースをボストンバッグに詰めて、荷造りは完了だった。

翌日、見送りのために門のところまできてくれたジョージにシェイラは言う。

「契約魔法を使って商会の全権をジョージお兄様に移したことは、お父様に口止めしてあるわ」

「まー……。父上とローラはあれだが、サイモンは馬鹿じゃない。諸々への怒りはもちろん、契約魔法の魔法陣をどんなルートで仕入れたのか教えろっつー話になるもんな。隠せるなら隠した方がいいよな、そりゃ」

「うまく立ち回ってね、お兄様？」

「事実を知った時の二人の顔が見られないのは残念だな？　ただでさえシェイラが後宮に入ると聞いて真っ赤になってたのに。……それにしても、車が来ねーな。呼んだんだよな？」

「ふふっ」

車は来ない。『魔力がなくても使える灯り』や『転移魔法がなくても長距離移動ができる手段』。時を経て、懐かしくて辛い場所に向かうことに、シェイラはしみじみとしていた。

「今だから言うけど、お前は本当にわけわかんなかったぞ。いじめてもあんま泣かないし、悟ってて妹っぽくなかったって言うか。今だってこんなに聞き分けが良くて、おかしいだろ」

ジョージが、あらためて自分のことを『妹』と言ってくれたことに、シェイラの心は温かくなる。

「私は、私以外の家族が幸せで豊かならそれでいいなんて、殊勝なことを言う気はないけれどね？」

「じゃあなんで」

「そういう運命だから」

シェイラの返答に、ジョージが息を呑む。

「……シェイラ……」

「ジョージお兄様。随分な家に生まれちゃったな、って思ったけれど、お兄様がいてくださったおかげで、結構楽しかったわ」

シェイラは畳んだ紙をポケットから取り出す。それを手のひらにのせると、肩からクラウスがトンッと下りてきた。

『そろそろ僕の出番だよね？』

「シェイラ、それ……？」

「内緒ですよ、お兄様？」

転移魔法の魔法陣を前に、シェイラは悪戯っぽく微笑んだ。それを合図にクラウスはぱくっと紙を噛む。

そして光に包まれて、目的の場所へと向かったのだった。

「懐かしい……」

絶対に口にしないと決めていたはずの言葉が早速漏れて、シェイラは慌てて口を噤んだ。

「あら、式典などでこちらにいらしたことはおありですか」

柔和な表情の女官長にシェイラは慌てて首を振る。

「いいえ。……花の香りが、実家の庭にあるものと同じでしたので」

「左様でしたか。この後宮の周りには、たくさんの花が植えてあります。ぜひお楽しみくださいませ」

苦し紛れの言い訳に、女官長は微笑んでくれた。

王宮に到着したシェイラは、早速後宮に案内されていた。この広い王宮の半分近くを後宮が占めている。

広大な国土と肥沃な大地に支えられたプリエゼーダ王国は豊か。国王によっては百人以上の側室を抱え、千人近い者がこの場所で暮らしていたこともあると聞いている。

（近代史の本や新聞記事にはあの夜に城内が破壊されることはほとんどなかったと書いてあったわ。すぐに制圧されたから、城はそのままだと。……本当にその通りね）

城の中は、かつてアレクシアが暮らしていた時と全く変わらない。確かに、時を経た感じはするものの、漂う空気は一緒だった。

（まさかここに来ることになるなんて思わなかった）

『ここ、めっちゃ広いね。キャンベル伯爵家にいた時よりも散歩が楽しくなりそう』

シェイラの沈んだ空気を察したのか肩にのっているクラウスが顔を寄せてくる。こんな時こそ、猫っぽい振る舞いがありがたい。

「ふふっ、そうね。明日からは、……っ」

クラウスも、と名前を呼ぼうとしてシェイラは固まった。この王宮内で、猫ではないクラウスと二人過ごした日々が蘇る。

王宮の奥にある後宮まではあまり来なかったけれど、似た造りの回廊ではよく追いかけっこをした。アレクシアは足が速かったが、クラウスはもっと速かった。そのはずなのに、いつも勝つのはアレクシア。それが不満で、『真面目にやって！』と何度詰め寄ったことか。

それから、この回廊のずっと先に見える棟には、魔導士や医務官など特別な職務に従事する者専用の部屋がある。

昼間の勉強だけでは満足できない時、アレクシアはクラウスを王宮に留めて夜を待った。そして、暗くなったらこっそり先生の部屋を訪ねるのだ。暗くて長い廊下も、クラウスと一緒なら怖くなかった。

アレクシアが十四歳を迎えた頃、急にクラウスはアレクシアのところに遊びに来なくなった。彼が意図的に自分から離れようとしている、そう気付いたアレクシアは父王に頼み込んでクラウスを自分の正式な従騎士に任命した。

クラウスはなぜか頭を抱えていたが、アレクシアは気にしなかった。一生でたった一つの我が儘ぐらい、許されると思った。それほどに、自分が欲しいのは彼だけだった。

「……懐かしいわ」

「シェイラ様はご実家から侍女をお連れにならず、お一人ですものね。明日から、こちらでのシェイラ様付きの侍女が参りますので。しばらくは落ち着かないかもしれませんが、お花で心が安らぐのでしたらいつでもご案内しますわ」

もう一度呟いたシェイラに、女官長は同情した様子だった。一般的に、後宮へ上がる令嬢たちは身の回りの世話をする侍女を連れてくることが多い。

けれど、キャンベル家でシェイラと仲が良かった侍女のパメラを家から出すことをローラは許さなかった。その結果、一人でここにやってくることになってしまったのだ。

「ありがとうございます」

微笑みを返したところで、回廊の雰囲気が少し変わった。一つ一つの部屋が大きいのが分かる。部屋というよりは、独立した離宮を通路でつないでいるような、そんな造りである。

「シェイラ様のお部屋はこちらです。お部屋はほかに三つあって、既に皆様入られています」

「えっ。……ということは」

さすがに、百人の側室を抱えるタイプの国王ではないのは分かっていた。

（だけど、たった四人、って……少なすぎない？）

呆れた様子のシェイラに、女官長は歯を見せて笑う。

「そんなお顔をされた方は初めてです。大体皆様、ライバルが少ないとお喜びになりますから」

早速寵姫争いに加わる気がないことがバレたことが気まずくて、シェイラは話を逸らした。

「……国王陛下へのお目通りはいつになるのでしょうか」

「ほかの皆様は一月ほど前からこの後宮に入られているのですが、まだどなたも国王陛下にはお会いになっていらっしゃいませんわ」

気を遣ったような女官長を見て、シェイラの心は弾む。

（これなら……本当に好きに暮らせそうだわ！）

「それからシェイラ様、お荷物の管理にはどうかお気を付けくださいませ。後宮は少し特別です。……いろいろなトラブルが起きますゆえ」

「承知いたしましたわ」

女官長が慇懃な挨拶を終え、シェイラの部屋から退出した後。

ジョージに送ってもらった荷物がきちんと届けられていることを確認すると、シェイラは窓際のソファに座った。それを待っていたかのように、クラウスが膝にのって丸まる。

『どう？　久しぶりのお城は』

「ねえ、……クラウス」

シェイラは質問には答えず、いつものように優しく背中を撫でながら話しかける。

『なーに』

「あのね。あなたにあげた、大事な名前を返してもらえないかしら」

そのままクラウスを胸に抱き、真っ白なふわふわの毛に顔を埋めた。

「きっと、私はここであなたの名前を呼ぶたびに泣いてしまう」

分かってはいたものの、この場所がこんなに辛いなんて。

クラウスは、力の入らないシェイラの腕からするりと抜ける。そして何も言わず涙を舐めてくれたのだった。

城壁の上で、誰かが寝ている。

この高い城壁の向こうには大きな堀が広がっている。こんなところで寝るなんて、何と命知らずなことか。というかまだ午前中である。それも朝に近いほうの。

アレクシアの時代ではこの堀の幅は半分しかなかった。それは、かつて奇襲を受けたこの国の悲しい歴史を物語っている。

(以前は……ここから門を通ればすぐに裏の森に行けたのよね)

ここだけ、新しさを感じさせる色の違う城壁。その上で眠る不審な男。

(……と、それどころではなかったわ)

シェイラは城壁の上で寝る彼のことは気にせず、周囲を見回した。

事の発端は、今朝まで遡る。

起きると、ジョージからオーダーメイドの魔法陣を描いてほしいという依頼書と仕様書が届いていた。シェイラは早速描こうと身支度を整え、書き物机に座ったところで気が付いたのである。

——大切な、魔法陣ケースがないということに。

別に、紙とペンは全く惜しくなかった。中に入っている描き上げ済みの魔法陣も危険なものではない。……けれど。

あの魔法陣ケースは、アレクシアが使っていた思い出の品に似せて作った大切なものだ。それを作った職人はアレクシアのものを作った巨匠の弟子で、もうこの世にはいない。なくしてしまったら、もう二度と手に入らないだろう。

ということで、シェイラは慌てて魔法陣ケースを捜しに出た。後宮で過ごすにしては若干粗末な部屋着に近いドレスに、肩に真っ白な猫をのせて。少し不思議ないで立ちで出歩いてしまうほどに、平静を装いつつも内心はものすごく焦っていた。

(部屋の周りを捜したけれど、無かった。この前女官長もトラブルの可能性を示唆していたわ。誰かの意図的なものだとしたらこの王宮のどこかに粗末に捨て置かれているはず。どうしよう、見つからなかったら)

『みゃっ』

心配で駆け足になりかけたところで、急に、シェイラの肩にのっていたクラウスがぴょんと飛び降りた。そして、回廊の奥に駆けていく。

「あっ、待って……」

咄嗟でも、やっぱり名前は呼べない。

『シェイラ！　こっちこっち！』

シェイラがやっと追いつくと、クラウスは何かの隣で鳴いている。

「あった……！」

回廊の端、庭の芝生との間ギリギリに立てかけて置かれていたのは、確かにシェイラの大切な魔法陣ケースだった。

「よかった……！　お手柄ね」

『まぁ、褒めてよ』

得意げなクラウスに苦笑しつつ、シェイラはケースを開けて中身を確認した。予想では、バラバラに散乱していたり壊されたりしていてもおかしくはなかったが、問題ない様子である。

（うん。ペンも紙もあるし、何よりもケースがそのままだわ。戻ってきて本当に良かった）

蓋の上に石でほどこされたアイリスの花の飾りを撫でてホッとする。

（……でも、あれ）

「描き上げてあった魔法陣が一枚足りないわ」

入れてあったのは、特別な魔法を発動させるものではないし、悪用できる性質の魔法陣ではなかった。何より、何の魔法のものなのか分かる人は少ないだろう。けれど、無いとなると行き先が気になった。

「どこかに……落ちて……」

シェイラは、回廊をきょろきょろと見回す。大理石の床。城壁へと続く、庭の芝生。広い回廊の遠くの方。けれど、何もない。

「魔導士か」

「！」

シェイラは声がした方向を見る。そこでは、さっきまで寝ていたはずの彼が城壁の上に胡坐をかいていた。逆光で表情がよく見えない。

「いえ、違います。では」

シェイラはニコッと微笑み、会話をする意思がないことを示した。

この後宮は、国王陛下のためのものだ。

男性も稀に出入りするが、仕える者のほとんどは女性と定められている。妙な言いがかりをつけられないためにも、知らない男性と言葉を交わすことは利口ではなかった。

「正規の魔導士でなくて、どうしてこんなに複雑な魔法陣が描ける？　これは魔法を無効化する類の高位魔法ではないか」

シェイラの意思を無視して彼は会話を続ける。有無を言わせないその強引さと自信に、彼は敬われ傅かれ慣れている人物だとシェイラは知る。

朝日に紙を透かすその仕草を、懐かしい、なぜかそう思った。

（……まだ、子どものようだわ）

シェイラの視線を見抜いたのか、彼は不機嫌そうな表情を浮かべるといとも簡単に高い城壁から飛び降りた。

手には一枚の紙が握られている。足りなかった、一枚の魔法陣。

キャンベル商会で付き合いのある魔導士の間でもあまり知られていない魔法のものだったか

ら、シェイラは完全に油断していた。

（あの魔法陣を……。どんなものか見ただけで分かるのね）

陽の光に輝く銀色の髪。神秘的な雰囲気を漂わせる、紺碧と金色のオッドアイ。精悍な印象の涼しげな目もとに加え、顔のパーツはつくりもののように完璧な配置だ。人を寄せ付けないオーラを放っているが、シェイラにとって嫌な感じはしない。

顔の造りにはまだあどけなさを残している。考えてみれば聞いていた相応の年齢に思えた。けれど、その地位に就くにしては明らかに若すぎる。

（似てる……）

顔立ちや瞳の色は違うのに、なぜかその言葉が一瞬浮かんだ。

何も答えないシェイラをさほど気にしている様子もなく、彼は続けた。

「……その箱。さっき、ここに来た時散乱していて邪魔だったから片付けた。壊れていないか確認しておいた方がいい」

（……やっぱり）

「……それは、大変なお手間を。ありがとう存じます」

シェイラはスカートの端をつまみ、淑女の礼をした。

「……いや。久しぶりにこのようなものを見て懐かしくなっただけだ。少し、触ってみたくなった」

「左様でございますか」

観念したシェイラは、自分から名乗ることにした。

「私は、シェイラ・スコット・キャンベルと申します」

「キャンベル伯爵家の令嬢だな」

「よくご存じで」

てっきり、彼は自分の四人目の側室が後宮に上がったことすら気が付いていないとシェイラは思っていた。しかし違うらしい。

「この箱はどこで？」

「……城下町の職人に作っていただきました」

「デザインは。既製品か」

「……」

不自然な追及に、シェイラは首を傾げる。

「一点ものなのです。これを作れる職人は、もういないかと」

「……そうか」

彼は深く息を吐くと、それ以上聞いてこなかった。

――国王・フェリクス。

シェイラには確信があった。彼は、間違いなくこの国で一番高貴な人物である、と。

「……よし、できたわ！」

シェイラはペンを置いて、描き上がった魔法陣を窓の光に透かす。

この後宮に来てから一週間。

シェイラの魔法陣ケースを持ち出した犯人は今のところ分かっていない。

（そもそも、部屋にはきちんと鍵をかけてあったのよね。衛兵がそこら中にいるこの王宮内で、誰かがこの部屋に侵入できるはずがないわ）

『ふぁーあ。ここは陽当たりがよくてお昼寝に最適だよね』

今日はお天気がいい。書き物机の隣にある出窓で、クラウスはのんびり寝そべっていた。

シェイラに与えられた部屋は広い。今は後宮には四人の側室しかいないけれど、普通であればもっとたくさんの寵姫がいるはずだった。恐らく、この四つの離宮のようなものはその中でも特別な側室に与えられる予定の部屋なのだろう。

一つ一つの部屋が独立していて、二階建てになっている。入るとロビーとらせん階段があり、右手にはもてなし用のサロン、左側には主室がある。そして二階は書斎と寝室だった。

一階には庭、二階には広いテラスがあり、小さな噴水まで造られている。

（ほんっとうに、お金の無駄。だけど、この離宮のサロンを使えばジョージお兄様のお手伝い

ができそうだわ。……でも、無理よね。王宮の中、しかも後宮でなんて）

コンコン。

すっかり商売人になってしまった自分の思考に呆れて頭を振っていると、階下で訪問者の気配がした。

「シェイラ様、ブーン侯爵家のティルダ様がいらっしゃっています。お茶会にお招きしたいと」

侍女の声に、シェイラは微笑んだ。

「はい、すぐに参ります」

この後宮での暮らしは、はっきり言って暇である。

当然国王陛下は来ないし、商人を呼んでお買い物をするぐらいしか娯楽がない。正妃ではないのでお妃教育も不要だった。

シェイラは嬉々として王宮内の図書館に出かけクラウスの行方を探ったりキャンベル商会の仕事をこなしたりしているけれど、もしそうでなければ二十一歳になる前に退屈で死んでいたのではないだろうか。

そんな暇な日々を紛らわすために行われるのが、この茶会である。

「まだ、誰のところにも……陛下はいらっしゃっていませんわよね？」

神妙な顔で皆のことを見回すティルダに、全員が目を瞬かせて頷く。もちろん、シェイラもだった。

「……はぁ～。やっぱりそうかぁー。てことはあの噂は本当なのかなー」

砕けた言葉に似合わない輝かしいプラチナブロンドに、翡翠の瞳。姉のローラにも似たキツめの美人であるブーン侯爵家のティルダは、この側室たちの中でもリーダー的存在だった。

「といいますか、ティルダ様はどうしてここにいらっしゃるのですか？　ご身分から言っても、正妃でもおかしくはないはずですのに」

清楚な笑みを浮かべつつ、強烈な嫌味を放ったのはメトカーフ子爵家のサラである。けれど確かに、ブーン侯爵家を後ろ盾に持つティルダは正妃になっていてもおかしくなかった。

「お父様は、もちろんそのつもりだったのよ。でも！　向こうから正妃は間に合ってますって断られたんだから仕方がないじゃないのよー！」

テーブルに突っ伏すティルダは二十二歳である。十八歳と聞いている国王との歳の差を気にしているらしく、着ているワンピースは可愛らしいデザインのものだった。華やかな顔立ちに襟につけられた控えめなリボンが意外とよく合っている。

（ティルダ様は可愛らしくて面白い方ね）

ニコニコと眺めていると、隣席の令嬢に声をかけられた。

「シェイラ様、こちらのクッキーも召し上がりませんか。とてもおいしいですよ」

「メアリ様、ありがとうございます。いただきますわ」

シェイラにクッキーのお皿を差し出してくれたのはハリソン伯爵家のメアリである。控えめながらも、気が利いて優しいメアリとシェイラは仲良くなりつつあった。

シェイラも、後宮に入ると決まったからには多少の問題やトラブルに巻き込まれる可能性があるということは十分に承知していた。けれど、毎日穏やかに時間は過ぎていく。

端的に言うと、本当に本当に平和である。

「……ねえ。本当なら、ここで腹の探り合いとか、お茶に塩を混ぜるとかそういうドロドロがあるんじゃないの!?　ねえ！　私たち、何で暢気にお茶してるのよ！」

ティルダが叫ぶ。

「ティルダ様がご招待くださったからですわ。ありがとうございます」

シェイラが微笑むと、メアリとサラも軽く頭を下げる。サロンに面した中庭ではチュンチュンと小鳥がさえずっていて、やはり平和だった。

「はー。国王陛下が一度でも後宮に来てくだされば、少しは張り合いが出るのに。……なんだか、ここはいいとこのお嬢様ばっかりねえ。つまんないわ」

「ティルダ様が一番のお嬢様ですわ」

シェイラの微笑みに、サラが続く。

「ティルダ様、国王陛下はどんな方なのでしょうか。王太子時代からあまり表には出られないお方でしたので、私は詳しく存じ上げないのですが」

「え？　私もよく分かんないわよ。四歳も年下だし、表に出ないのは昔からよ。ただ、噂されてる『正妃を大事にするために後宮をないがしろにしている』っていうのは納得がいかないわね。だって、そんなタイプじゃないと思う。大体にして、どこに本命がいるのよ。そんなの見たことないわ」

ティルダはもそもそとスコーンを頬張っている。クロテッドクリームとジャムがたっぷりのっていて、とてもおいしそうである。

それを見ながら、シェイラもスコーンに手を伸ばす。メアリと、サラも。どうやら皆同じことを思っていたらしい。

とにかく、平和だった。

(この前……後宮の奥で陛下にお会いしたことは言わない方がよさそうだわ。せっかく仲良くやれているのに)

この後宮では、過去には物騒な噂が聞かれることもあった。一人しかいない国王の寵愛を取り合うのだから当然のことではあるけれど。

それに、世の中には姉のローラのように性格の悪さが分かりやすい者だけではない。前世も含めて、分からない人ほど怖い、というのもシェイラは身を以て知っていた。

(本当は、この前のあの場所にもう一度行きたいところだけど……また会ってしまったら面倒なのよね)

この前、国王・フェリクスと偶然会ったあの場所は、小さな頃に過ごした思い出の森に一番近い。もう一度あの場所に行って、城壁に上って、景色を見渡したかった。

――そう、アレクシアとクラウスがしていたように。

午前中の執務室。

フェリクスは、寝不足の重い頭を振って、目を擦った。

「今朝もお早いですね」

そして、ニコニコと執務室に入ってきたケネスを一瞥して毒づく。

「……普通、主君が朝四時から執務中だと知っていたら、側近のお前も起きてきてもいいんじゃないのか」

「ああ、平気です。我が君は非常に優秀ですから。衛兵もきちんと仕事してますし」

肩につく長さの漆黒の髪を持ち、胡散臭い笑みを浮かべる彼はフェリクスより八歳年上の二十六歳である。王太子として立太子する前からの付き合いで、フェリクスが気を許せる数少ない人物の一人だった。

フェリクスが夜に眠ることはほとんどない。スケジュールの都合上、ベッドに入ることはあるけれど、悪夢のせいで眠れないのが常だ。そしてそれをケネスも知っている。

ケネスの飄々とした物言いにフェリクスは苦笑した。

(……そうか。あれは普通ではなかったか。確かにそうだな)

心には、前世でアレクシアの勉強に夜通し付き合わされた思い出が浮かんでいた。

「ご機嫌のようですね。お昼寝はもう済ませましたか」

「……先日入った、四人目の側室だが」

「はい、キャンベル伯爵家のシェイラ様ですね」

すぐに答えたケネスに、フェリクスは心の中で舌打ちをする。何でもお見通しの側近は、彼にとってありがたいとともにお節介な存在でもあった。

「ここ数年で成長した、魔法陣を専門に扱うキャンベル商会のご令嬢でもあります。ご自身でも良質な魔法陣が描けると評判のお方です。幼い頃に有名な魔導士のことを片っ端からお調べになっていた陛下とお話が合うのではと思い、リストアップいたしました」

「……そうか。だからか」

「シェイラ様にはもうお会いになったのですか。後宮に行かれるのでしたら、一言いただきたかったですねえ。心配で気を揉んでいる重鎮たちの寿命が延びるはずですよ。それに、向こうの準備もあるでしょうし」

「……偶然会っただけだ。ただ、あれほどの才能がある者を後宮に入れるのはもったいないと思った。勘違いをするな」

「才能がある方には、ぜひ未来の国王陛下のお母上になって欲しいものですねえ」

「……」

相槌を打つことすらせず、フェリクスの興味は既に手元の書類に移っていた。

シェイラの頭の上に、猫のクラウスがのっている。

恐らく、シェイラの頭の上でピシッと背筋を伸ばして座り、何かを見ているのだろう。猫なのだから、きっとシェイラの身長ほどの高さからなら上手に着地できるはずだ。むしろただの遊びなのかもしれない。

けれど、彼はほぼ間違いなく精霊の使いである。絶対に落としてはいけないと思うと、シェイラは少しも動けなかった。

「ね……ねえ、お願い。下りてくれないかしら？」

『それはやだ。前世が女王陛下だった人の頭の上は景色がいい』

表情は見えないけれど、明らかな憎たらしくてかわいい拒絶だった。

今日はティルダ主催のお茶会がない。四人でのほほんとお茶を飲む時間が一日の楽しみだったのに、それがなくなってしまったので、シェイラは後宮の奥まで来ていた。

アレクシアとして生まれ育ったこの場所は、シェイラにとってもまさに庭である。

（この前、陛下に会ってしまったのは午前中のまだ早い時間だったわ。午後ならいないかもしれない）

期待を胸にやってきたところで、目論見は当たった。城壁の上には誰もいない。手には魔法陣ケースがある。今日は自分があの場所によじ登り、あそこでジョージからの依頼をこなそう、そう思ったところでこれだった。

「お願い。あなたを頭の上にのせていては、私は一歩も歩けないの」

『もうちょっとここにいたいな。シェイラがここから動かないって約束するなら下りてもいいけど』

「ど、どういうこと」

クラウスはこの場所に着いた途端、器用にシェイラの頭の上にのると、なぜか全く動かなくなってしまったのだ。

「……ここで何を？」

その声が聞こえた瞬間、頭の上に居座っていたはずのクラウスは、サッとシェイラの肩に移動した。

「へ、陛下」

振り返ると、そこにはフェリクスがいた。後宮の平和を維持するために一番会いたくない相手である。けれど、出会ってしまったからには無視をするわけには行かない。

膝を曲げ、仕方なく定型通りの挨拶をしようとしたところで、彼の顔色が真っ青だということに気がついた。

「……陛下、顔色が」

「この前、俺は君に名乗ったか？」

先日のやり取りでも思ったことだったけれど、この若き国王は人の話を聞かないタイプのようだ。でも、どちらかと言えばシェイラ――いや、アレクシアも同じだった。それに、やはり彼に嫌な感じはしない。

（ううん。人の話を聞かないというのも違うわ。他人に踏み込まれることを酷く恐れているような、そんな感じ）

「いいえ。ですが、高貴さが滲み出ていらっしゃいますから」

その偉そうな言動が何よりの証拠だ、というのをやんわりと伝えるシェイラを、フェリクスはじろりと睨んだ。冷たい視線を受けつつも、すぐに真意を理解した彼に好感を覚えたシェイラは続ける。

「薬師や医務官はどうなさったのですか。あなたにそのような顔をさせていては、彼らの首が飛びそうですが」

「……やることはやった。だからいい」

簡潔な回答に、シェイラは押し黙る。

(きっと……薬師や医務官の立場も考えてのこと。必要以上に踏み込んではいけない)

少しだけ沈黙が流れた後、口を開いたのはフェリクスだった。

「……その猫はキャンベル伯爵家から連れてきたのか」

「はい、そうですわ」

『みゃー』

シェイラの肩の上で猫に擬態したクラウスはまるで『撫でて』というかのように頭を低くしている。

一瞬、フェリクスは手を伸ばそうとしたように見えたけれど、シェイラとの距離が近くなりすぎると気が付いたのか、撫ではしなかった。

「……似た猫を知っている」

「白い毛に、金色の目なんて珍しいですね」

「ああ。俺も、その猫には一度しか会ったことがない」

フェリクスはそう言うと回廊の隅に腰を下ろした。シェイラも一瞬迷ったものの、少し間をあけて座る。一応は、自分が仕える相手である。その相手が会話の意思を示しているのだから、従わねばなるまい。

「今日もそのケースを持っているのか」

フェリクスの視線はシェイラの手元で止まる。

クラウスはいつの間にかシェイラの肩を下り回廊内の陽当たりが良い場所に移動していた。ゴロンと伸びて、しあわせそうに微睡んでいる。

「はい。私は、兄が経営する商会の手伝いをしています。お天気もいいですし、城……ええと、静かな場所でゆっくり描こうかと」

危うく『城壁の上で』という淑女としてはありえない言葉が出そうになったシェイラは、慌ててごまかした。

「この前見た高位魔法の魔法陣は恐ろしく良い出来だった。どうして正規の魔導士として登録しない」

「私には魔力がないのです」

「魔力が？」

「はい。ですが、きちんとキャンベル伯爵家の生まれですのでご安心くださいませ。ただ、持たざる者というだけでございます」

「そうか。珍しいが、なくはないな」

貴族に生まれても、魔力を持たない者は稀に存在する。シェイラの場合は明らかに前世絡みだったが、フェリクスは納得した様子だった。

「……かつて、この国を治めた王の中に高名な魔導士がいた」

「……」

徐に話し始めたフェリクスに、シェイラは何も答えない。

「治めた期間はわずか一年と少しだったが、統治者としてはもちろん魔導士としても非常に優秀だった。魔法陣を専門に描く者として、君も名前を知ってるだろう？　彼女の名前は……」

まるで見てきたかのように話すフェリクスに、シェイラは苛立ちを感じていた。どうしてこんなところで彼がその人の話をするのか。

心の奥が冷えていく感覚と、喉の渇き、どうしようもない胸の痛み。

「……どうか、それ以上は」

「どういうことだ？」

さっきまで従順だったシェイラが急に口を挟んだので、フェリクスは怪訝な表情を見せている。

「私は許せないのです、その王を。慢心で多くの人の命を危険に晒した、愚かな存在だわ」

途端、シェイラの世界は反転した。

さっきまで庭を見下ろす形で座っていたはずなのに、いつのまにか庭から空を見上げていた。

倒される時に自然と受け身を取ったので、後頭部と背中に衝撃はあまり感じない。前世での動きがこんなに淀みなく出せるとは。シェイラの意識は、また別のところにいた。

急に近付いた土の匂いと、腕や顔をくすぐる草の感触。

こんな時に暢気すぎると思いながらも、彼の顔の向こうに見える澄んだ空がとても美しい。

そして、首筋にあてられたひやりとした鋭い感覚にぞくりとする。けれど、目の前にあるのは殺気を含まない寂し気な瞳だった。

透き通ったディープブルーと、日の光のようなゴールド。端整な顔立ちとも相まって見とれてもいいはずなのに、なぜか彼が酷く傷ついていることの方が気になる。

回廊と城壁の間の庭にシェイラを押し倒して、その首筋に短剣をあてたままフェリクスは呟いた。

「君は、本当の彼女のことを少しも知らないだろう。彼女が、どんなに、」

「……」

この短剣は、きっと少しでも動けばシェイラの肌を傷つけるだろう。けれど、シェイラには彼がそんなことをするとはどうしても思えなかった。

決して甘く見ているわけではない。前世で剣も嗜んだアレクシアの勘のようなものだった。

「……俺が怖くないのか」

「え？」

「首元に剣を突き付けられても、まったく怯えていない」

フェリクスはそう言うとシェイラの上から退いた。シェイラは仰向けに寝転んだまま動かない。

「あなたの瞳は、そんな風には見えなかったのです」

「本気ではないと？」

彼の返答に、シェイラはやっと聞こえるほどの声でぽつりと呟いた。

「その瞳を、私は知ってる」

そう、この瞳に隠された何とも言えない感情なら、今朝も見た。目覚めてすぐ、猫のクラウスが側に居ないことに気が付き、うっかり名前を呼んでしまったのだ。

それは、ベッドを出た後も尾を引いていて。朝の支度をするために自分を映した鏡の中に、この寂し気な瞳があった。

泣いてもどうしようもないと分かっているのに、すぐに感情に流される自分の弱さに辟易する。

フェリクスは何も言わない。少しの間、空を眺めてからシェイラは起き上がった。

「申し訳ございません。王族に対し、不敬でした。……どんな罰でも」

「いや。今のは完全に俺が悪い。つい頭に血が上った」

すっかり我に返ったらしいフェリクスは、髪をぐしゃっとかき乱す。彼からは、さっきまでの強い憤りが消えていた。

（……）

彼が持つ、かつての女王・アレクシアへの強すぎるほどの特別な感情。尊敬の念という言葉では到底片付けられない、重くて身をぴりぴりとさせる情熱。けれど、その原因がシェイラには分からなかった。彼が人を寄せ付けないのは、その答えに繋がっている気がした。

「すまなかった」

改めて、フェリクスは頭を下げる。

「陛下。気軽に人に頭を下げてはいけません。私はあなたの尊厳を傷つける言葉を申し上げたのですから」

ふと驚いたような彼の瞳が目に入った。オッドアイの片方は、アレクシアが焦がれた愛しい碧と同じだ。

（転生したクラウスも、もし記憶を持っていたらこんな風にアレクシアの名誉を守ろうとしてくれるのかしら）

この国の貴族として転生してはいるのだろうけれど、捜しても見つからない彼のことが胸に浮かんで視線を落とす。

『みゃー』

陽だまりで微睡んでいた猫のクラウスがむくっと立ち上がり、タタッと城壁までかけていく。そして、樹や壁の凹凸を器用に使って城壁の上にのり、また寝そべった。

それを指さしながら、シェイラは言う。

「……今日は、あの場所で魔法陣を描こうと思って来たのです」

ここに来た時は言う気がなかった。もし、フェリクスに会ってしまったら何も言わずに立ち去るか、軽く挨拶だけをかわす予定だった。

けれど、今はなぜかもっと彼と話がしたい気分だった。蒼い顔を見て、元同業として彼の抱えるものに同情しているのかもしれない。

「あんな場所でか？　危ないだろう」

苦笑するフェリクスにシェイラは微笑み返す。彼が笑うのを初めて見た、と思う。

「眠らなければ大丈夫ですわ。……陛下のように」

「意外と言うな」

(何だか、少しだけ懐かしい感じがする)

「……気を付けて」

「ありがとう存じます」

先に城壁に上ったフェリクスが、シェイラの手を引く。さっきは、肩の上の猫を撫でるのさえ躊躇っていたのに、随分な変化だった。

「やっぱり、裏の森がよく見えるわ」

景色に感動するシェイラの独り言に相槌を打たず、フェリクスは寝転んでいた。目は閉じている。きっと、この前初めて会った時のようにこのまま眠るのだろう。

(きっと、事情があって部屋や夜では眠れないのね)

深入りはしたくないと思うのに、彼の蒼い顔色がどうしても気になった。

「あなたには代わりがいません。身体も心も、もっとご自分を大切になさってください」

「それは分かっている。ただ、それ以上に俺はこの国が大事だ」

「……」

一人でフラフラと城内をうろつき、安定して王位を繋ぐための後宮をないがしろにする。

シェイラは初めてフェリクスを見た時、彼には若さゆえに国王としての覚悟がまだできていないのだと思った。

けれど、間髪を容れずにきっぱりと決意を言い放った姿に、違和感を持つ。

シェイラよりも少し高い場所で寝ていたクラウスがいつの間にかこちらに近寄ってくる。そして、ととと、とフェリクスの顔の近くまで行くとそこで丸まって寝直した。

フェリクスは目を瞑ったままクラウスを撫でる。

『みゃー？』

「しー。少し休ませてあげて？」

すっかり本物の猫のように振る舞っているクラウスがもっと撫でてほしそうにおねだりをするので、シェイラがかわりに真っ白なふわふわの毛を梳いた。

うっかり、フェリクスの銀の髪に指先が触れた。

けれど、彼は気にすることなく眠っている。さっきまでのあらゆるものへの拒絶が嘘のようだった。

シェイラは、庭側ではなく堀の方に足を投げ出す。アレクシアが慣れ親しんだ、大好きな森が見える。樹の匂いがここまで届く気がする。

それから、魔法陣ケースから一枚の紙とペンを取り出した。そして、丁寧に描いていく。今日描くつもりでいたのとは違うものを。

少し複雑な高位魔法の魔法陣だから、描くのに時間がかかる。エドワーズ公爵夫人の依頼を受けた時は、昼に描き始めたものの完成する頃には夕暮れになっていた。

けれど、あの時描いたおかげで、今回は彼が眠っている間には仕上げて渡せるだろう。

（……これ、クラウスにも描いたことあったわ。渡したら、こんなもの描く時間があったら休めって怒られてしまったけれど）

彼のことを想う時にはいつも、涙を堪えることになる。けれど、今日は不思議と悲しい気持ちにはならなかった。つい、小声でメロディーを口ずさみたくなってしまうような。

そんな、穏やかな時間が流れて行った。

「これは、どういうことだ」

寝たふりを終えたフェリクスは呟く。

城壁の上で、一時間ほどが経っただろうか。

さっきまで、隣ではシェイラ・スコット・キャンベルが何やら楽しげにペンを走らせている様子だった。たまに猫と話しながら鼻歌も歌っていたが、聞いていて特に不快ではなかったので何も言わなかった。

ちなみに、彼女が猫を撫でる時に偶然髪に触れた指先も嫌ではなくて、内心それにも驚いた。

さっき言っていた魔法陣を描いているのだろう。描いている姿を実際に見てみたい気もしたが、なぜか罪悪感を覚えてそれは躊躇われた。

きっと、彼女の髪と瞳の色が何よりも大切な人のものにそっくりだからだ。でも、その人とはそのほかの姿形が全く違う。衝動的に目を開けたくなったのを何とか堪えて、さらに強く瞼を閉じる。

しばらくして彼女は『できた』と呟いた。そしてフェリクスの胸ポケットに何かを差し込んで帰って行ったのである。

ついでに、城壁から下りる時には梯子を使わずにぽん、とひとっ跳びのようだった。それにも度肝を抜かれたが、周囲に誰の気配もないことを確認したフェリクスが起き上がってみると、胸元に差し込まれた紙にはさらに驚愕するものが描かれていた。

「これは、強力な防御魔法の魔法陣か。……しかも、見覚えがある」

（彼女がこれを描いたのは、俺の顔色が蒼く寝不足に見えるから、か）

プリエゼーダ王国での悪夢にはさまざまな理由がある。心や身体の状態に起因する一般的なものもあれば、精霊の干渉によるものもある。

精霊の干渉が原因の場合、防御魔法が有効になる。眠っている間、強力な障壁で精霊の手出しを防ぐのだ。

さすがに、フェリクスも城壁の上で昼寝するようになるまでそこに思い至らなかったわけではない。何より、自分は精霊の力を借りた転生者である。毎晩悪夢を見るのは、前世での心残りに加え精霊が干渉している可能性が一番高いと思えた。

けれど、王宮の魔導士に描かせた魔法陣では改善されなかった。魔法の効果は魔法陣の質によっても左右されるからだ。

魔法陣にもいろいろな描き方がある。まず基本的に、魔法道具屋で購入できる魔法陣は線や記号を省略せずに精緻に描かれたものだ。

しかし、実際には省略して構わない線もある。ただ、それをするためには高度な知識や技術が必要になるし、発動しないリスクもあるため通常では用いない。

高名な魔導士だったアレクシアが自分で使うために描く魔法陣は、そのほとんどが省略した簡易版だった。そこには彼女独自の癖がある。数字の飛び方、線の太さ。そして、これだけ簡易化しているのにもかかわらず、外側の線だけは崩さず丁寧に引くこだわり。

フェリクスは、畳まれて自分の胸ポケットに入っていた紙を光に透かす。この描き方や計算の癖を、自分は確かに知っている。

さっき、彼女と会話をしていてフェリクスにはいくつも引っかかるところがあった。そこに、この魔法陣である。

（魔法陣を描けることや魔法陣ケースも気になるが……。何より、あの、物怖じしない姿勢と身のこなしは何だ）

何度打ち消しても繰り返し浮かぶその考えに、フェリクスは頭を振る。今は、自分にとって都合のいい考えしか浮かばない気がした。

「……大体にして、国王に向かって『頭を下げるな』なんて命令するか、普通」

口元を綻ばせたフェリクスの脳裏にはシェイラではなく、かつての主君の姿が思い浮かんでいた。

（しかし、もしそうだったとしても。キャンベル伯爵家に声をかけてすぐに、彼女はこの後宮

に上がった様子だった）

それは、国王のもとに輿入れするという決断を躊躇なく下したということである。前世のアレクシアは、周囲にどんなに縁談を勧められようとも頑なに断っていた。

だから、自分が想う大きさの十分の一ぐらいは、彼女の気持ちも自分にあるものだと思っていた。それは決して自惚れではないと思える。だから、もし記憶があるとしたら、彼女がそんな話を受けるはずがない。

フェリクスはすぐに追いかけて、シェイラに話を聞きたかった。

けれど、もし本当にそうだったとしたら。

「シェイラ・スコット・キャンベルは、前世の記憶を持たない転生者、なのか……？」

記憶がないままに転生しても、前世での資質や特技が現れてもおかしくはない。

——アレクシアがクラウスを忘れ、別人として生きている。彼女の幸せは大きな喜びではあるけれど、同時にそれより大きな失望などなかった。

「シェイラ様のお兄様ってどんな方なの？」

大きなスプーンで、プリンとホイップクリーム、いちごをたっぷりとすくいながらティルダが聞いてくる。淑女の口にぴったりの小さめのスプーンも隣に置かれているが、ここではそれを使っている者はいない。皆、迷わず大きい方を選んだ。

今日のおやつはプリンアラモードだった。クッキーやスコーンなど、ぱさぱさしたものばかりのお茶会では生活だけではなく口からも潤いが奪われる、ということでティルダが提案したメニューである。

「ティルダ様って、お茶菓子のセンスが本当に良いですわね」

「サラ、ありがとう」

「正妃として生かす機会がないのが残念ですわ」

サラの嫌味は今日も絶好調だ。

「もう！　あなたそんなかわいい顔してギャップが過ぎるのよ！　でも結構好きよ、私！」

「私も好きです、ティルダ様」

「私も」

「私もです」

『僕も』

全員の意見が一致したところで、シェイラはやっと答えた。

「話を戻しますが……私の兄は……口は悪いですが優しい人ですわ」

「まあ」

ティルダが身を乗り出す。

「シェイラ様のお兄様ならそんな感じするわね。ご年齢はいくつなの？　二十四歳？　二十五歳？　もっと上？」

「今度来るのは、二十歳の兄です」

「くっ！　また年下！　でもいい！　殿方に会いたい！」

ここは国王陛下の後宮である。明らかに小声でしなければいけない類の話ではあるけれど、この後宮が形ばかりのものだということは既に全員が分かり切っていた。

「シェイラ様がお手伝いしている商会の打ち合わせを、後宮でしてもいいと許可が下りたのですよね。いくらお兄様とはいえ、男性の定期的な立ち入りが許されるなんてめったにないことですわ」

メアリの言葉に、シェイラは遠慮がちに微笑む。

「君の部屋を訪ねるつもりはないから好きに過ごせ、という陛下のご意思かと」

「あらぁ。それなら私たちも同じことよ？　毎日お茶会！　楽しいけど……暇だわ」

頬杖をつきながら、ティルダはさらにプリンを口に運んでいる。国王陛下が顔を出さない後宮では、もう淑女でいる必要はないという判断なのだろう。

シェイラは自分からこの後宮で大っぴらに商売がしたいと申し出たわけではない。

けれど魔法陣をしのばせて帰った翌日、フェリクスからジョージの後宮の出入りを認める許可証が届いたのだ。しかも、ジョージに同行する貴族顧客の立ち入りも可能だという。

(陛下なりの感謝の示し方なのかもしれないけれど……やっぱり、おかしい気がする)

ありがたいという気持ちはあるものの、一体どういう風の吹き回しだろうか。

異常にも思えるほどのアレクシアに傾倒する姿だけであればここまで不思議ではなかった。

アレクシアを悲劇の女王として崇拝する者は決して少なくないからだ。

けれど、一枚の魔法陣のおかげとは思えないほどの急な好待遇はどういうことなのか。

(あの城壁からは、前世と同じ風景が見えた気がする)

ある一つの可能性には、もうとっくに気が付いていた。

クラウスに胸を張れる生き方をしたい、そして彼を見つけたい。そんな想いではじめたキャンベル商会だったけれど、クラウスどころか、シェイラとしての十八年間の人生で出会った転生者はエドワーズ公爵夫人ただ一人。

(そんなよくできた話が……あるはずないわ。だけど)

逡巡するシェイラには気付かず、ティルダとサラは楽しげだ。

「ティルダ様、お父様からとにかく既成事実を作れと眠り薬が送られてきたんです。陛下にお会いしたこともないのに、どうやって飲ませたらいいのでしょうか」

「やーめーてー！　その品のない相談！　メトカーフ子爵怖っ！　ていうかそれここで言っていいわけ？　あなたのお父様の立場が大変よ？」

「……」

「……シェイラ様？　どうかなさいましたか」

メアリはすっかり上の空のシェイラに気が付いた様子だった。

「いえ、少し考え事を」

「……チョコレートソースはいかがですか？　プリンアラモードにぴったりですわ」

「……あ、ありがとうございます。もちろんいただきますわ」

今日も、この後宮は平和だった。

お茶会を終えて自室のソファに沈んだシェイラの膝に、クラウスがぴょんと飛びのる。

『どうしたの？　元気がないね』

「ええ……。ねえ、あなたは精霊よね？」

『みゃーん？』

この話になるとクラウスが猫に擬態するのは、完全にいつものやりとりである。けれど、今日のシェイラには少し余裕がなかった。

「精霊なら、教えて。前世で大きな後悔を抱えて死んだ魂は、対価を差し出して貴族に生まれ変わるのよね？」

シェイラの膝にちょこんと座ったクラウスは、こちらを見つめている。

『精霊と取引をした魂が、同じぐらいの高貴な身分に生まれ変わるのは間違ってないよ？』

「そう……」

いつもより沈んでいるシェイラに、クラウスはヒントをくれることにしたらしい。

『特別に教えてあげる。高貴な身分や魂には王族も含まれるんじゃないかなぁ。だって、シェイラだってアレクシアから生まれ変わってる』

「……！」

コンコン。

その瞬間、部屋の扉がノックされて侍女が顔を出す。何か、手紙のようなものを携えていた。

「シェイラ様。国王陛下からお知らせが」

「お知らせ……？」

ある一つの答えに辿り着きそうになったシェイラにもたらされた、フェリクスからのお知らせは驚くべきものだった。

「君は、歴史が好きなのか」

突然のフェリクスからの問いに、シェイラは目を丸くする。

お知らせから数日が過ぎた、夕食後の時間。シェイラは後宮ではなくなぜか王宮の一室にいた。

目の前には、重厚なデザインのグラスに注がれたお酒とドライフルーツ、チーズ、ナッツ。

これを運んできた侍女は意味深に微笑んですぐに退出してしまった。けれど、扉の外にはきちんと衛兵の気配がする。

この部屋は、アレクシアが客人をもてなすサロンとして使用していた場所である。懐かしさはおいておいて、夜にこんな場所に招待されたことにシェイラは困惑していた。そして、向けられた質問にもである。

（歴史が好きなんて……私……そんなこと言ったかしら）

一瞬戸惑ったけれど、すぐに思い至った。彼は、この前シェイラが女王・アレクシアに拒否反応を示したことを覚えているのだ。納得したので澄まして答える。

「……一般的な教養程度には」

「それにしては、歴代の国王に詳しい様子だった」

「そのようなことは」

微笑んでかわそうとするが、フェリクスの視線に含まれた緊張は解けない。

フェリクスに防御魔法の魔法陣を渡してからというもの、シェイラの周辺にはちょっとした変化が起きていた。

まず、先日のお茶会でも話題になった通り、ジョージの後宮への立ち入りが認められた。それから、フェリクスの側近であるケネスの手配で商人が頻繁に後宮を訪れるようになった。

そして極めつけが、この招待である。本当のところ、侍女から受け取った手紙にはシェイラの部屋に来ると書いてあった。けれど、シェイラは否の返事を送ってみた。ティルダ達にあらぬ誤解を受けたくはなかったし、変な間違いがあってはたまったものではない。

主君からの『お渡り』を拒否することは決して許されるものではないと思っていたが、意外なことにフェリクスは気を悪くした様子はなかった。むしろ真逆である。『それなら、指定する部屋へ』。そんな上機嫌の返事に、シェイラは拍子抜けしたのだった。

今、フェリクスはソファに深く腰掛けてグラスに口をつけている。リラックスしているように見せてはいるけれど、そうでないというのは一目瞭然だ。

正直なところ、この薄暗い部屋で彼のオッドアイの片方——碧い瞳を見るのは辛い。別人とは分かっていても、アレクシアとして過ごした思い出が嫌でも浮かんでくる。

(こんな風に、夜は一緒に勉強や話をしたわ。大きくなってからは部屋に引き留めるのに苦労したのよね)

「今日は、あの猫は一緒ではないのか」

「誘ったけれど断られました」

「猫とは気まぐれだな」

ちなみに、今日は猫のクラウスは部屋で留守番中だった。本当なら、隣に座ってもらって撫でながらフェリクスに対峙したかったのに、呼んでもついてきてくれなかった。薄情である。

シェイラから見ると、フェリクスは孤高の存在だ。国王としての役割は果たしているが、正妃も置かず、心の拠り所となる場所が見えない。

後宮でのお茶会でも『陛下は一体どんなお方なのか』という話題がよく上がるけれど、四人でどんなに情報を持ち寄っても王太子時代の交友関係が出てこなかった。

「シェイラ嬢は、魔法陣の描き方をどこで覚えた」

「ほかの皆様と同じように、家で教わりましたわ。描くのが楽しかったですし……それに、剣術では肩を並べられないから、魔法陣だけはと頑張りました。……兄と」

うっかり、前世での本当のことを話してしまったので兄、と付け足す。

「剣も振れるのか。経歴書には書いていなかったが」

「……なんだかこれって、会話というよりは尋問みたいですわね？」

首を傾げたシェイラに、フェリクスは笑う。

「それは済まなかった」

初めて見る、苦笑でも表面的でもない笑い方に、胸がきゅっと締め付けられる。

——自分は、この笑みを知っている。少し呆れたような、けれど、優しくてあたたかい微笑み。

この前、城壁の上で一緒に過ごした日。彼は、シェイラの首元に短剣を突き付けてひどく傷ついた顔をしていた。

若くして国王という重責を担う彼に、かつての『アレクシア』としての自分が共感するのは当然のことなのかもしれない。けれど、不思議と自分と彼の共通点はそこではない気がして。

クラウス以外の笑顔に初めて胸が苦しくなったシェイラは、困惑して目を伏せた。この世界のどこかにいる彼に、申し訳ない気持ちになったのだ。

そんなシェイラの様子を気遣うことなく、フェリクスは会話を続ける。

「キャンベル商会を立ち上げたきっかけは？」

「……一番大きかったのは大切な人に恥じない生き方をしたいと思ったからです。子どもの頃の私は、いろいろなことを諦めがちでしたから」

「大切な人？」

「はい。商会で魔法陣を扱うことにしたのは、描くことが得意だったという理由もありますが、顧客層を考えると、私の捜している大切な人に会える確率が高いような気がしたのです」

何の話をしているのか、普通なら分からないだろう。けれど、それでも今は何となくクラウスのことを話したかった。この目の前の男に、少しだけ心を揺らしてしまったことがシェイラは悔しかったのかもしれない。

静かな部屋に、コトン、と音が響いたので顔を上げる。グラスを置いたフェリクスからはさっきまでの柔らかい笑顔は消え、なぜかこちらを凝視していた。

(そういえば……フェリクス陛下の神秘的なオッドアイにばかり気をとられていたけれど、彼の髪色はクラウスによく似ているわ)

　ぼうっと見つめていると、噛みしめるようなゆっくりとした問いがあった。

「その者の名前は」

「それは……」

　フェリクスからの真っ直ぐな視線に、シェイラは急に周りの音が聞こえなくなった気がした。自分の心臓の音だけが、身体中にどくどくと響きはじめる。

　彼の地位と、アレクシアに向けられる不思議なほどの忠誠心。片方の碧い瞳。さっき目に入ったあたたかな笑顔。眠れないと言いながらかつて二人が過ごした城壁の上に転がる姿。

(そんなはず、ない。あって欲しいけど、絶対にない)

　急激に育っていく期待を、何とか萎ませようとするのにうまくいかない。

　鼓動が次第に速くなって、呼吸が苦しくなっていく。

(そんな都合のいい話、ない。だって、私はたくさんの人の命を危険に晒した女王の生まれ変わり。そんなに望み通りのことが起きていいはず、ない)

　すべては言い訳だった。一度抱いてしまった希望が否定されるのは怖い。それが切望するものであればあるほどに。

　頭ではそう理解しているのに、堪えきれずに言葉がこぼれた。

「輪廻転生、って信じますか？」

「……王女」

その瞬間。

目の前で見開かれたオッドアイと、掠れたその声に、シェイラは問いの答えを知った。

そして、たった今まで対等に座っていたはずの彼が自分の足元に跪いている。かつては、こんな場面は日常茶飯事だった。

表では慇懃に振る舞い、二人きりになると気安い話し相手になってくれるのに、ふとした瞬間にクラウスはよく跪いた。

王族とその従騎士として一線を引くような仕草がどうして必要なのか。アレクシアはクラウスをよく問い詰めたが、彼は頑として譲らなかった。

けれど今だけは、それが必要とはどうしても思えなくて、シェイラも彼の目の前にぺたんと座る。

「……王女。あの時は、お守りできなくて申し訳ありませんでした」

「何を……」

言いたいのはこんなことではないのに、言葉が紡げない。けれど、一瞬で従騎士に戻ってしまった彼の姿に、抱えてきた後悔が見える。

口を開くと、嗚咽だけが出そうで。シェイラは唇をぎゅっと噛みしめて彼が顔を上げてくれるのを待った。

けれど、フェリクスの視線は床に落とされたまま。

（……）

少し迷った後、シェイラは彼の手を取る。そして、少し近づいてその手のひらを自分の頬にあてた。いつの間にか流れていた涙が大きな手に触れる。その感触に驚いたのか、フェリクスはやっと顔を上げた。

懐かしい碧い瞳に自分が映っている。涙でぐしゃぐしゃの自分の顔はひどく間抜けだけれど、目が合ったことがただうれしくて。

「ずっと、会いたかった」

嗚咽は堪えられたけれど、頼りない涙声になる。

その瞬間、シェイラはフェリクスの腕の中にいた。まるで壊れ物に触れるような、優しい感覚。

前世で最期に覚えている、絶望と入り混じった痛いほどの幸福感があたたかい感情に塗り替わっていく。

「いつから」

フェリクスはシェイラを抱きしめたまま喋る。耳の少し上にかかる吐息がくすぐったい。

「森を逃げた後……私は気が付いたら六歳のシェイラ・スコット・キャンベルだった」

「そうか。俺は、生まれた時から記憶があった……そうか。魔法陣を描いて、キャンベル伯爵家を立て直して……こうなっても、やはり君は君だな」

「違うわ。いつかあなたに会えた時、がっかりされるのが嫌だったの。だから頑張ったわ」

さらに強く、ぎゅっと抱きしめられた。大きく息を吐く気配がした後。

「……よく、御無事で」

それは、泣きたくなるような声色だった。それだけでもう、彼が過ごしてきたこの十八年間が分かってしまう。

「……まず、無事ではなかったけれどね？」

「ああ、そうだな」

フェリクスのくすりと笑う気配に、シェイラは彼の胸元から顔を上げる。そこにあるのは、かつて従騎士だったクラウスの顔ではない。けれど、なぜか面影はあって。

いつか、指先でなぞってみたいと思っていた彼の長い睫毛に目もと。ふと手を伸ばすと、フェリクスは意外そうな顔をした。

「何をしている？」

「触ってみたかったの、ずっと」

「本当に、王女は」

呆れたような表情とは反対に、シェイラのはちみつ色の髪にフェリクスの指が絡む。きっと、こんな風に近くで見つめ合ったのは初めてのことだ。けれど、どうすればいいのかはもう分かっていた。

シェイラが瞼を閉じた瞬間に、目に溜まっていた涙が流れる。それを優しく拭う感覚があった後、唇が重なった。それは、前世からずっと願ってきたとても幸せな温かさで。拭われたばかりの涙が、またじわりと滲んだ。

優しく触れるだけの口づけの後、シェイラはフェリクスにもう一度強く抱きしめられる。

「……前世では叶わないと思っていた」

「私だって。こんな日が来るなんて、夢みたいだわ」

その瞬間。

シェイラの中で、カチン、と音がした。

(あれ……!)

物理的な振動もあったので、シェイラは驚いてフェリクスから身体を離す。まるで時計の針が動き出したような、この感じ。

(もしかして、これって……寿命が……)

初めての感覚に、シェイラは座り込んだまま自分を抱きしめるように両腕を抱え、目を瞬かせた。

「……すまない。大丈夫か」

勘違いしたらしいフェリクスはシェイラの手を取り、立ち上がらせてくれる。

「大丈夫よ。これくらい」

「……これくらい？」

面白くない、というように、俄かにフェリクスは眉を吊り上げる。明らかに、甘い時間は終わりだった。さっきまでの甘い声色が嘘のようである。

「というか。王女は、なぜこんなところに上がっているんだ」

「こんなところ、って後宮よ？　貴族令嬢にしたらわりと名誉な場所じゃない？」

「君をこんなところへ送り込んだ今世での父親は万死に値するな。すぐに呼んで話を聞こうじゃないか。……ケネス！」

「えっ？　ま、待って」

フェリクスが声を張り上げたので、シェイラは慌てる。数秒も置かずに側近は現れた。

「ご用ですか、陛下」

「すぐにキャンベル伯を領地から呼び戻せ。問い質したいことがある」

全く意味が分からない。一瞬冗談だと思ったが、フェリクスの目は本気である。

（彼は、お父様は私が転生したアレクシアだと知っていて後宮に行かせたと思っているんだわ！」

「いえ、ケネス様。お手を煩わせる必要はございません。陛下に言い聞かせますので、少しお待ちいただけますか」

「承知いたしました。よく言い聞かせられるよう、しばらく下がっておきます」

「あ、ケネス」

ケネスはやれやれ、というように扉を閉じる。自分ではなくシェイラの言うことを聞いた側近に、フェリクスは不満げである。その表情を見て、シェイラはほっとした。

「……ここにきてから……あなたはずっと一人なのかと思っていたの。でも、そうじゃなかったみたいね」

「気付いていたのか」

「わざわざ魔法陣を描いてあげるぐらいには心配していたわ？　一応、王としては先輩だし」

シェイラの言葉に、フェリクスは少し微笑んでくれたけれど、それは本当に一瞬だった。

「それで。言いたいことは、山ほどある」

「……はい？」

懐かしすぎるお説教の予感に、シェイラは後退りをする。

「まず大体にして、この薄い服は何だ。こんな夜に出歩く時の服装か。肩掛けを持ち歩くようにと、あれほど」

そう言いながら、フェリクスは自分が着ていた上着を脱いでシェイラの肩にかけた。

「一応、侍女が準備してくれて……見て分かると思うけど、生地は意外ときちんとしているし、断じてナイトドレスとかではないわよ？　あの、少し……落ち着いて？」

「正気でいられるか。国王が俺だったからいいようなものの。軽率すぎる。王女も、もう少し考えて行動を」

「はい、ごめんなさい」

「それから、城壁から下りる時は梯子を使え。いくら運動神経に自信があっても危険すぎる。というか、そもそもあんなところに登るな。王女はいくつだ」

「み、見ていたのね……」

返事をしないシェイラを、フェリクスはじろりと睨む。

「ご、ごめんなさい」

完敗だった。

「ほかにもまだ言いたいことはあるが」

フェリクスは、お説教モードから急に真面目な表情になる。

「王女の心残りは何だ。何としてでもそれを解消しないと」

「え」

（寿命のことは……もう大丈夫な気がするのだけれど）

さっき、身体中に響いた鈍い感覚。あれは、二十一歳で止まっていた寿命が動き出した音なのだろう。そうでなくてはおかしい。

(だって。私は、クラウスと心を通わせたかっただけだもの)

「……やはり平和か」

「えっ」

どう伝えようか迷っていたせいで、また間抜けな声が漏れた。けれどフェリクスはシェイラの心情を気取る様子も見せない。

「城が襲われたあの時、隣国との講和を結ぶ直前だっただろう。実は俺も、それなのではと思っていた。あれ以来、交渉は頓挫していたが……偶然にも時を経た今、再度交渉が進んでいる。だから心配するな」

「そう……それはとても良いことで……でも」

「大丈夫だ。きっと、俺が何とかする」

そう言ってシェイラの手に恭しく口づけるフェリクスの瞳は真剣である。ずっと好きだと伝えたかった人に想いが届き、彼も同じ感情を向けてくれているという幸福感は本当に心地がよくて。

だからシェイラは、それちょっと違います、とは言えなかったのだ。

第三章　もう一人の悲劇のヒロイン

後宮の奥、王城裏の森に近い場所。今日はよく晴れていて、格好の日向ぼっこ日和である。

「こんなテーブルセット……この前はなかったわよね？」

「ああ、造らせた。部屋には来るなというからな」

「それは……！」

フェリクスの答えに、シェイラは動揺を隠せない。

お互いの前世が判明した後、フェリクスは後宮に置かれたシェイラの部屋を訪問することを強く希望した。国王陛下の後宮に入っているのだから、それは至極当然のことで。

キャンベル伯爵家を後ろ盾に持つシェイラがフェリクスのものだというのは、この国では公然の事実である。

しかし、シェイラはそれを拒否した。ティルダ・メアリ・サラとの関係が気になったのというのもある。

けれど実際のところは、前世では自分に指一本触れようとしなかった彼があからさまに愛情を示してくるのがなんだか恥ずかしく、戸惑っているというのが本音だった。

（私も彼のことはずっと大切だったけれど……何というか……調子がくるってしまうわ）

今も、両手で頬を押さえて赤くなった顔を隠すシェイラを、フェリクスは楽しげに眺めている。

百年と少し前と、形勢は完全に逆転していた。

とはいいつつ、フェリクスも自分が会いに行くたびにシェイラが身構えるのを想像して、思うところがあったらしい。

自分を拒否したシェイラに怒ることなく、後宮の奥のこの庭にテーブルセットを置いてくれたのだった。

「……こんなところで油を売っていてもいいの？」

「三十分ですぐに戻る。暗くなったら会えないんだろう？」

「まぁ、そうだけれど」

「環境はすべて王女の望む通りにする。だから、せめて俺が会いたい時には顔を見せてほしい」

「！」

ますます熱を持つ頬が隠し切れなくなって、シェイラは苦し紛れにフェリクスを睨む。

そういえば、彼はそういうタイプだった。自分の側近だった頃も、涼しい顔をして迅速に手堅い解決策を出してくる。そういう有能さもアレクシアは信頼していたが、こうなってしまっては逃げ場がない。

（いいえ。別に逃げたいわけではないのよ、私は）

戸惑うシェイラの足元に柔らかい毛が触れた。視線を落とすと猫のクラウスが不満げにこちらを見上げているので、膝の上に抱きあげてやる。

『ねー、このテーブルセット、僕が座る椅子がないんだけど？』

「いつもは私の半分で満足するじゃない」

「一緒に連れてきていたのか」

「え……ええ」

これまでシェイラは、猫のクラウスが精霊だと信じてきた。けれどこの不満を訴える声は、同じ転生者であるフェリクスにもただの猫の鳴き声にしか聞こえないようだ。

（クラウスと契約を交わしたのは私だけだから、なのよねきっと。でも、このクラウスは私と彼が再会する未来を知っているみたいだったわ。彼もこの子のことを知っているのかしら）

前世の最期、精霊に会ったことをシェイラは全く覚えていなかった。そのうえ、猫のクラウスもその関係のことになるとなかなか話してくれない。

最近では、シェイラが聞けば聞くほど、ただ猫への擬態が上達していくだけという気がしていた。

「そういえば、名前は何と？」

「え」

前世で死ぬ間際に何があったのかフェリクスに聞こうとしていたシェイラに、とんでもない質問が飛んできた。

『クラウスだよ』

「！」

ふてぶてしく答えるお供の姿を見て、今日ほど自分にしかクラウスの言葉が分からなくてよかったと思ったことはない。

適当にやり過ごそうとしているシェイラを揶揄うようにクラウスは続ける。

『大事な名前をもらうことにしてるんだ、僕は。大事な名前をくれるかって聞いたら、間髪容れずに答えてくれたよ』

「……！」

「何だか……喋っているみたいだな」

フェリクスは立ち上がりシェイラの前まで来ると、少し身を屈めてふわふわの白い毛を撫でた。クラウスも今度は『みゃーん』と本気で猫になりきっている。

こうしていると、本当に昔に戻ったようだ。いつも一緒にいて、いつでも手を伸ばせば彼に触れられる。けれどそれは許されていなかった。あの頃には。

「今日は寝なくて大丈夫なの？」

「ああ。最近はよく眠れている。びっくりするぐらいに」

「あの魔法陣がそんなに効いたのかしら」

「恐らく、違うな」

苦笑しつつ、フェリクスは続ける。

「呪いのようなものが解けたからではないか」

——呪い。それは、転生者は前世での心残りが解消できなければ前世と同じ年齢で死ぬ、というものだ。もちろん、誤解はあるもののシェイラの『呪い』はフェリクスに思いが通じたあの日に解けている。けれど、シェイラはフェリクスの心残りを知らない。

「ねえ。あなたの心残りは何だったの？　どう考えても、そちらから考えるべきだったと思うのだけれど」

首を傾げるシェイラに、フェリクスは不満げである。

「……解けたからもういい。王女の望みよりは、ずっとちっぽけで人間らしいことだった」

（……人間らしい、って）

フェリクスは完全に勘違いをしているが、本来はシェイラの望みも煩悩でしかない。

というか、アレクシアは相当に崇高な人物だと思われていたらしい。

（あなたと会えて、こうして一緒にいられることをどんなに幸せに思っているのか……全然分かってない）

前世での主従関係というものはここまで響くものなのか。

「……さて。夜に眠れるようになったし、昼の休憩はこれで終わりだ。この後の予定は？」

「後宮の皆とお茶会を」

「それはよかった。後宮ではうまくやっていると聞いているし、あそこには身元が確かな者しか置いていないから大丈夫とは思うが……俺がいいというまで前世のことは話すな。何か困ったことがあったらすぐに知らせを寄こせ」

「分かったわ」

フェリクスがここまで警戒するのには二つの理由がある。

まず一つは、後宮にはトラブルがつきものだということ。そしてもう一つは、シェイラの出自がキャンベル伯爵家ということだ。

キャンベル伯爵家はシェイラとジョージが商会を起こすまで没落寸前の貧乏貴族だった。正妃として相応しくないとする声が上がってもおかしくはない。

シェイラは後宮に入っている令嬢たちのことが好きだけれど、背後にある家名まで考えるときっとお互いに話は変わってくる。昔も今もここにいる者に課せられるのは、一族に繁栄をもたらすことなのだから。

「それから……」

フェリクスの表情がお説教モードになったので、シェイラは先回りをする。

「肌が見えすぎる服は着ないし夜に部屋の外へ出るなら上着を羽織るしあなたが執務室に戻っ

たからと言って城壁には登りません」

「……そうしてくれ」

ふふっ、と笑ったところで、背後にケネスの気配がした。同時に、フェリクスがため息をつく。

「そろそろ時間か。……王女、部屋まで送らせる」

ちくり、と胸が痛む。

実は、今日ここに来てから何度目かの違和感である。シェイラの前世がアレクシアだと知って以来、フェリクスはシェイラと呼ぶことはなくなった。

代わりに、彼の口から発せられるのは『王女』というかつての呼び名である。初めはただ懐かしく、心地よかった。

けれど、最近はそのことが少しだけ引っかかるのだ。

「大丈夫。一人で帰るわ。まだお昼だし、何よりもここはあなたの後宮よ？」

「そうだったな」

(彼は……まるで私の先にアレクシアを見ているみたい)

優しく手を取り、エスコートしてくれるフェリクスにシェイラは少しぎこちない笑顔を向けたのだった。

「──っつ」

その帰り。ちょうど後宮との分岐にあたる通路で、文官らしき二人とすれ違う瞬間に肩がぶつかった。

「申し訳ございません」

姿勢を崩すほどの衝撃があったけれど、すぐにシェイラは頭を低くして膝を曲げる。

「……ああ。陛下の寵姫が、このようなところをうろつかれては困りますな」

「くっ。寵姫とは？　陛下は一度もお渡りになっていない様子ですよ」

意地の悪い二人の言葉に、シェイラは目を細めた。もちろん、本来とは別の意味でである。

この二人は決して若くはない。

(自分の娘でもおかしくない年齢の相手に向かって、大人げないわ)

そもそも、この通路は狭くはない。端を歩いていたシェイラがこの二人とぶつかってしまったのは、明らかにわざとだった。

国王が後宮を軽視している今、後宮に暮らす側室たちの後ろ盾の強さはイコール地位でもある。

名門のブーン侯爵家を後ろ盾に持つティルダや、大富豪としても名を馳せるハリソン伯爵家のメアリの顔は貴族たちに広く知られている。彼らは、どちらかを推しているのだろう。

「ふふっ。こちら側はまだ後宮ですので」

罵られるままに謝罪をするのは癪である。『そっちこそ後宮への立ち入りは禁止だろう』という意味の嫌味を返すと、二人の顔がみるみるうちに赤くなった。

「側室風情が。なっていないな」

「まったくだ」

捨て台詞を吐いて、二人は去っていく。

『ふざけんなよまじ痛かったんだけど！　みゃーっ！』

ぶつかった衝撃で肩から落ちたクラウスが抗議をしている。もちろん、シェイラにではなく、二人の文官にである。

「クラウス、落としてしまってごめんね？」

『……シェイラは悪くない』

シェイラはクラウスを抱き上げる。

二人の文官の後ろ姿を数秒眺めた後、今日のお茶会のお茶菓子のことを思い出したシェイラは、気持ちを切り替えて離宮へと戻っていく。

（ここはこういう場所よ。立ち回り方はいくらでもあるけれど、まだそのタイミングではないわ）

それから数日後の茶会は、シェイラの部屋で行われることになっていた。

「シェイラ様、こちらのお茶菓子はもう並べてよろしいでしょうか」

「はい、ありがとうございます、メアリ様」

トレーを手に、にこやかに聞いてくれるメアリにシェイラは頷く。今日のお茶菓子はチーズと野菜がたっぷりのケークサレである。異国から取り寄せた、ジャム入りの甘い紅茶との相性を考えて選んだのだ。

この後宮のメンバー皆のことがシェイラは好きだけれど、その中でも特に仲が良いのはハリソン伯爵家のメアリだった。

(メアリ様は控えめでお優しくていらっしゃるのよね。それに、本当に気が利く方。見習いたいわ)

シェイラ付きの侍女は一人だけである。普段は全く不便がないが、お茶会となると準備が大変になる。そんな時、少し早めに部屋を訪れて手伝ってくれるのは決まってメアリだった。

(そういえば、サロンのテーブルにアルバムが出しっぱなしになっていたわ。片付けないと)

この前、兄ジョージからシェイラの子ども時代の写真が送られてきた。今日は午前中にサロンでその写真を整理した後、アルバムがそのままだったのを思い出す。

先にお茶菓子を持って行ったメアリを追って、シェイラはサロンを覗く。

(あれ……？)

テーブルの上にケークサレは置かれているが、トレーに載ったままだ。メアリはというと、入り口であるこちら側に背を向けて佇んでいる。

「メアリ様、どうかなさいましたか」

シェイラが声をかけると、メアリの肩がびくっ、と震えた。

「いえ、あの。こ、こちらにアルバムが」

メアリはこちらを向かずに答えた。心なしか、その声は震えている気がする。

「散らかしたままでお恥ずかしいですわ。すぐに片付けます」

シェイラがテーブルにもう一度視線を送ると、そこには開かれたアルバムがあった。その、一枚目には六歳の幼いシェイラが写っている。

「これは……シェイラ様でしょうか」

メアリが、ぽつりと言う。

「はい」

そう答えた瞬間、メアリは目を見開きがたんと音をたてて後ずさった。後ろにあった椅子が倒れたけれど、それに気付く余裕もないほどに驚いた様子だ。

そして、小さく口が動く。声にはならなかったが、シェイラはその動きを確かに見た。

（……！）

「……も、申し訳ございません。急に気分が。今日のお茶会は欠席させてください。失礼いたします」

そう告げると、逃げるようにサロンを飛び出していく。

「メアリ様、お待ちくださいませ」

シェイラの声にも立ち止まることはない。バタンと扉が乱暴に閉まる。

「シェイラ様、どうかなさいましたか」

「いいえ。何でもないの」

顔を出した侍女に平静を装いつつも、シェイラは強く動揺していた。

――『陛下』

さっき、シェイラの顔を見てメアリの口はそう動いたのだ。

寝る前の、灯りを落としたベッドサイド。フェリクスは一人、長椅子に座って執務書類を確認していた。

「……陛下。取り急ぎ面会をされたいという方がおいでになっています。いかがなさいますか」

扉の向こうのケネスの声に、フェリクスは時計を見る。

「誰だ」

「後宮にお部屋をお持ちのシェイラ様です」

「……こっちまで通せ。今行く」

フェリクスは資料を置くと、すぐに立ち上がった。


「何かあったのか」

王宮の奥は、王族の私室が置かれる場所である。そこまで案内されたことに、正直なところシェイラは驚いた。けれど、今はそんなことを気にしている場合ではなかった。

「……メアリ様は、転生者かもしれない。しかも、私たちと同じ時代に生きて近くにいた誰かよ」

「どうしてそう思う？」

明らかに動揺しているシェイラに、フェリクスはゆっくりと間を取りつつ簡潔に答えてくれる。

「……フェリクス・オーブリー・ハルスウェルは子どもの頃クラウス・ダーヴィト・ワーグナーにそっくりではなかった？」

「確かにそうだな。誰かに気付かれたら面倒だと思っていたが、成長と共に外見は変わった」

「実は、私もそうなの。シェイラの幼い頃はアレクシアそのものだった。けれど、成長と共に髪と瞳の色だけを残して外見は変わった」

「それが、メアリ嬢と何の関係が」

「メアリ様は、私の小さい頃の写真を見て『陛下』と言ったの」

「！」

フェリクスが息を呑むのが分かった。

「アレクシアが小さかった頃『魔法を使わなくても絵姿を残せる道具』はこの国にはなかったわ。だから、写真でアレクシアの幼少期を見たことがある者はいないはず」

「……実際に見た者を除いては、だな」

フェリクスの確認に、シェイラはこくりと頷く。

「メアリ嬢から話は聞けなかったのか？」

「すぐに聞こうと思ったのだけれど、お部屋に籠ってしまわれて……」

「それを考えても、王女に後ろ暗いところがある気がしてならないな。できるだけ早く話を聞きたい。……見間違いだと言われたらどうしようもないが」

「ええ」

フェリクスの言うことは当然である。けれど、同意しつつもシェイラは釈然としなくて続ける。

「……ただ」

「ただ？」

「メアリ様は……。いいえ。やっぱりなんでもないわ」

(私が言うべきことではない)

言いかけた言葉をシェイラは呑み込んだ。

前世で城が落ちたのは、内通者がいたからである。それを見抜けなかったのは自分の責任だった。人を見る目がないにもかかわらず、メアリ個人は信頼できる人物だ、などと口が裂けても言えるはずがない。

そんなシェイラの心情を、フェリクスは見抜いたようだった。

「一応言っておくが、俺は、ハリソン伯爵家のメアリ嬢が害をなす存在だと思ってはいない。ケネスが選び、俺が許可して迎えたのだからな。……それに、あの襲撃は王位を狙ったものであって、王女個人への恨みがあったわけではない。確かに、細心の注意を払うため転生者だと明かすのは待てと言ったが。何よりもまず、あの襲撃に関しては全容は明らかになっている」

「……」

何も言わなくても分かってくれたことに、うれしくて言葉が出なかった。と同時に、申し訳なさと後悔が胸に広がる。シェイラは唇を引き結んで無言のままに頷いた。

「とりあえず、部屋まで送ろう」

「……だったら、転移魔法で送ってくれる？」

もう時間は遅い。忙しい彼にこれ以上時間を取らせるのは嫌だった。

「いや。せっかくだ。隣を歩いて送らせてくれるか」

「でも」

「行こう」

シェイラの手を引いてフェリクスは歩き出す。さっきまで厳しい国王の顔をしていたフェリクスの表情は、自分がよく知るものに戻っていた。

(本当は辞退しないといけないところだけれど)

結局断り切れずに、二人で部屋を出て歩く。

今日は新月である。月明かりはなくて、代わりにたくさんの星が瞬いている。いつもより暗い夜に、草木の匂いが鮮明だった。

衛兵は曲がり角ごとに立っている。強力な魔法陣による結界が張られたこの城に衛兵は必要ない。けれど、少しの異変を察知するために必要なのだろう。

回廊には二人の足音が響く。カツカツと大理石の硬質な音だけが耳に入る。静かな夜だった。

(あの夜、衛兵は少なかった)

そんなことを考えながら歩くと、隣のフェリクスから爆弾発言が降ってきた。

「今世では、王女を正妃として迎えたい」

「……えっ」

シェイラは、ローズクオーツの瞳をこれ以上ないぐらいに瞬かせる。足音は止まっている。

（ちょっと、待って）

フェリクスは特に揶揄っているという風ではない。けれど、この言葉は状況とのアンバランスさのせいで真実味に欠けるように思え、シェイラは首を傾げた。

「……聞き間違い、かしら？」

「俺は今世、正妃として王女を迎えたい」

間髪を容れずに、フェリクスがもう一度言った。

（ええと。つまり、これは）

これは、やはり間違いなく求婚である。なのに、こんなにムードも何もない王宮内の廊下で、立ち話だ。

「驚いたか」

「そ、そうでもないわ」

思いっきり動揺しているが、悟られたくなくてシェイラはフェリクスに背を向ける。

「君は、そこまで考えてはいないだろうが」

「そんな……」

「前世で十四歳になったばかりの頃、王女が俺を専属の従騎士に指名してくれたことを覚えているか」

「……もちろん」

そのことはシェイラもよく覚えている。前世で絶対に曲げなかった、唯一のわがままである。

「正直に言うと、あの時はこの上ない幸福感を持つと同時に、本当に辛いと思った」

「……どういうこと……？」

「一生手が届かない存在だと分かっていながら、君が誰かを伴侶に迎えて生きていくのを一番近くで見ることになるのか、と。距離を置きたいと思っていたところで、最悪の勅命だった。それでいて全部分かっているように見える王女の顔が、憎らしかった」

前世、二人はお互いの想いについて確かめ合うことはなかった。言葉はなくても分かり合える関係だったけれど、当時どんなことを考えていたのかを聞いたのは今日が初めてだ。

フェリクスの顔が見たくて、振り返った時。少し先の曲がり角から声が聞こえた。

「これは、陛下……とキャンベル伯爵家のご令嬢で」

角から現れたのは文官の集団だった。こんな夜遅くまでご苦労なことだ、と思うと同時に、その中に偶然にもこの前ぶつかった彼らの姿を見つける。二人は目を白黒させていた。

シェイラは何も言わずに端へ寄って道を空けると、軽く頭を下げる。

「……」

その姿を見て、フェリクスは心配していたこととシェイラの周辺で起きかけている変化を繋げたらしい。笑ってくれるかと思ったが、表情はたちまち硬くなっていく。

「陛下。お見送りはここで結構でございます。私は後宮での子細をご報告に上がっただけのこと。お渡りにならないことをお決めになっている陛下に、わざわざ送っていただく理由はございませんから」

文官の集団は立ち止まってフェリクスに一礼する。けれど、二人の会話に耳をそばだてつつ、シェイラの言葉に唖然としているのが見えた。

「では転移魔法で」

「いいえ。私は魔法が使えませんから」

「俺が送ろう」

そう言ってフェリクスは紙を取り出す。文官たちはそれを瞠目して凝視しつつ通り過ぎていく。わざわざ王族が誰かのために自分の魔力と魔法陣を使うのは、めったにない。特別だ、と示しているも同然だった。

集団が通り過ぎたのを確認して、シェイラはフェリクスに抗議した。

「……やりすぎよ」

「この場で問い詰めなかったことを褒めてほしいな」

「冗談はやめて。彼らとはうまくやらないと」

「……前世でも、王女を守るのは俺の役目だった。だが、立場上手を出せない場面もたくさんあった。しかし、今世はいくらでも君のことを守れる」

そう言いながらフェリクスはシェイラの頬に手を伸ばす。指先が触れる、とどきりとしたのは束の間、彼がとったのはシェイラの髪だった。

一束すくって口づける仕草と、星明かり越しの碧と金の瞳がとても美しい。

（……王女、ね）

とてもうれしいはずなのに、些細な引っ掛かりにシェイラの心は沈んでいく。

その夜。明日になったらもう一度メアリの部屋を訪ねてみよう、そう思ってシェイラは眠りについたのだけれど。

——翌日、メアリは消えていた。


メアリが姿を消したことに気が付いたのは彼女の侍女だった。朝起きた時にはすでに姿がなかったのだという。置き手紙もなく、すぐに大々的に捜索が始められたのだけれど。

一週間が経過した現在も、メアリの行き先は分からない状態が続いている。

「メアリ様は……本当にどちらへ行ってしまわれたのでしょうか」

「ハリソン伯爵家に問い合わせたけど、戻ってないって」

『みゃー』

（あの時、部屋に籠ってしまわれたメアリ様のお話をきちんと聞いていれば……）

サラとティルダの会話に、シェイラは唇を噛む。

メアリ不在の後宮メンバーは、シェイラの部屋に集まっていた。彼女がいなくなってからお茶会は催されていない。けれど、皆メアリのことが心配でつい集まってしまうのだ。

「いなくなる前日は体調が悪いって言っていたのよね？　それでお茶会の準備中に欠席したいと」

「はい……ですが、少し様子がおかしいところもあって」

ティルダの確認に、シェイラは言葉を濁した。

「きっと、大丈夫ですわ。メアリ様は名門・ハリソン伯爵家のご令嬢です。私たちは名ばかりの寵姫とはいえ、貴族たちからの心象を考えるときっと陛下も血眼になってお捜しでしょう」

サラの言葉に、ティルダも力強く同意する。

「そうね。王宮の魔導士が描く捜索の魔法陣は精度が非常に高いと聞いているし！　昔、魔法道具を扱う業者から手に入れたものは迷子になったペットを見つけてくれなかったけど！　ここならきっと大丈夫！」

不吉すぎるティルダのフォローに、シェイラとサラの笑みが引き攣る。

（……だと、いいのだけれど）

捜索魔法は高位魔法にあたり、単純な迷子や行方不明の場合に高い効果を発揮する。けれど、本人が意志を持って失踪した場合には話がまた変わるのだ。

（メアリ様が捜索を妨害する魔法を使っていたら、少し面倒なことになる。元々捜索魔法の魔法陣は難しいもの。精度は一気に落ちるわ）

メアリが行方不明になったことを知ったフェリクスは公務に加えた捜索で忙しいらしく、成果に関して音沙汰はない。当然、シェイラもあの城壁近くに行くことはしていなかった。

コンコン。

「後宮の皆様、ご機嫌麗しく……はないですわよね。失礼してもよろしいでしょうか」

そう言いながら現れたのは、フェリクスの妹にあたるペネロペ第一王女だった。

「お久しぶりにございます、王女殿下。こちらにいらっしゃるとは、どうなさったのですか」

いつも砕けているティルダの言葉遣いが丁寧になっている。

フェリクスより少し濃い銀の髪に、紺碧の瞳。可憐な外見通りのよく響く高い声をしたペネロペ第一王女は、国の華として知られる存在だ。王太子時代はほとんど外に出ることがなかったフェリクスより人気とする声も国民の一部からは聞かれる。

「兄から、シェイラ様宛てに言付けを承ってきたのです。メアリ様の捜索が難航しているので、力を貸してほしいと」

「もちろんですわ。……私にできることがあるのでしたら」

「そっか。シェイラ様の商会は魔法陣を専門に扱っているのよね！」

礼をして答えるシェイラに、ティルダの言葉は早速元に戻った。

自分にできることがあれば、と答えたシェイラだったけれど、現在シェイラとフェリクスの周辺にはある問題が発生していた。シェイラは遠慮がちに問いかける。

「ただ……今、私が伺ってはお邪魔ではないかと」

「そのために私がお迎えに参りました。私を盾になさってくださいませ」

ペネロペは悪戯っぽい笑みを湛えている。まだ少女だけれど、芯の強さを感じさせる眼差し。事情を知っているのだろう。

この前、フェリクスから予想外の求婚を受けた日。

自分の魔法でシェイラを送り届ける場面を目撃した文官たちによって、二人の関係は王宮中に広まってしまった。

――国王陛下が、後宮ではなく王宮に寵姫を招いている。しかも、その相手は後ろ盾としては極めて弱いキャンベル伯爵家の令嬢だ、と。

プリエゼーダ王国での後宮は側室たちのためだけのもの。当然、正妃となると王宮内の王族と同じ場所に部屋を持つことになる。

後宮ではない場所で一緒にいたということで、憶測が広まるのは当然のこと。フェリクスにとっては予想の範囲内だったのだろうが、それにしては時期が早すぎて根回しが済んでいなかったのだ。

ちなみに、ここにいるティルダやサラの耳にもその噂は入っているはずだった。けれど、その話題は一度も出ていない。いつも通りシェイラに接してくれる二人に、シェイラはとにかく申し訳なかった。

「メアリ様が見つかるように、ご健闘をお祈りしますわ」

「私も手伝えないのが残念。シェイラ様、頑張って！」

浮かない顔のシェイラに、ティルダとサラは優しく声をかけてくれる。

「ありがとうございます……では、行ってまいります」

魔法陣ケースを手にし、シェイラはペネロペの案内で執務室へと向かったのだった。


周囲の視線がとにかく痛い。

こんなにあからさまに人にジロジロ見られることなど、誰の人生においてもそうないのではないだろうか。

ペネロペの案内に従い王宮内を進みながらシェイラはまず右側を睨んだ。その瞬間に、ひそひそと会話していた女官の口が閉じられる。

次に左側を見る。回廊の下からこちらを指さしていた文官と目が合い、当然の如く逸らされた。

(確かに、キャンベル伯爵家は正妃には向かない家柄だけど……随分なことね)

「ふふっ。シェイラ様は人気者ですね」

「ええ、そのようですわ」

ペネロペ第一王女がギャラリーに聞こえるような声で言う。きっとこれはわざとなのだろう。淑やかに見える王女らしからぬその振る舞いが好ましくて、針の筵にいるはずのシェイラは心から笑ってしまった。

「兄は、ケネス様と一緒に執務室に居りますわ。ほかの大臣方もご一緒のようです」

「ハリソン伯爵家のご令嬢が行方不明なのですもの。当然ですわ」

メアリが後ろ盾とするハリソン伯爵家はアレクシアの時代でもよく知られた名門である。そこから後宮に上がり、行方不明になったと言えば王家も無傷では済まないだろう。

(私が役に立てることだったら、なんでもする)

目の前には懐かしい扉があった。かつて、毎日緊張感を抱えて押し開けていた重く深い暗褐色の扉が。

シェイラは大きく息を吸い、気を引き締めてそれを叩いた。

「陛下、お呼びでしょうか」

頭をしっかりと下げてから顔を上げると、執務室にはフェリクスと側近のケネスのほか、数人の大臣や文官たちがいた。今日は深く膝を曲げた令嬢の挨拶は必要ない。一人の魔導士として来たのだから。

懐かしい、の一言では済まないほどの空気。歴史を感じさせる剥き出しの石壁に布がかかり、最低限の調度品が見える。整然として片付けられた室内。アレクシアの父王の時代、いつもここは散らかっていた。アレクシアが即位して一番にしたことはこの部屋の整理整頓だった、と思い出す。

他の部屋は綺麗に改装されているのに、ここだけはそのままだ。かつてアレクシアも座っていた椅子にフェリクスがいる。一人でずっとここに、と思うと胸がきゅっと締め付けられた。

「ああ。こちらはシェイラ嬢だ。キャンベル商会の令嬢で、魔法陣を描くことに長けている」

「シェイラ・スコット・キャンベルと申します。どうかお見知りおきを」

形式的に軽く微笑むと、ケネス以外の同席者の目が泳いだ気がした。きっと彼らも『正妃にふさわしくない相手』として裏では悪評を流しているのだろう。

(国王陛下の評判は良い。正妃選びに関してだけこれだけ不満が聞こえてくるのは、きっとそれだけ彼が慕われているということ。くだらないことで汚点を残してほしくない、という周囲の思いがあるのだわ)

「用件は妹から聞いたと思うが、メアリ嬢を捜索するための魔法陣を描いてほしい」

フェリクスはすぐに本題に入る。厳しい声色からは、最後に会った時の甘さは微塵も感じられない。

「承知いたしました。メアリ様の情報と、ハリソン伯爵家で付き合いのある商会の魔法陣をいただけますか。高位魔法の方が望ましいですが、すぐに準備できなければ何でも構いません」

「それは準備してある」

「ありがとうございます」

周囲の剣呑な視線を纏ったまま、シェイラはフェリクスに手渡された魔法陣を眺める。

(これは居場所を眩ませる魔法の魔法陣だわ。さすが察しがいい……けど、きっとこれが既にあるということはこれを使って王宮の魔導士が捜索したのよね。それでもメアリ様は見つかっていないと)

シェイラは魔法陣ケースから高位魔法に適した紙と三本のペンを取り出した。

「ペンを三本もお使いになるのですね」

ひょっこりと手元を覗き込むペネロペにシェイラは微笑む。

「はい。より丁寧に描く時は使い分けます」

「シェイラ様、お側で見ていてもよろしいでしょうか」

「もちろんです。複雑なものになるので少し時間がかかりますが、それでもよろしければ」

シェイラが答えると、ペネロペは安心したようにシェイラの向かいに座った。ちょうど、シェイラを複雑そうな表情で見る大臣たちの視線を遮るような位置に。

(『お兄様の執務室への案内』はまだ続いているのね)

シェイラはくすっと笑う。ペネロペの気遣いの仕方や賢さは兄にそっくりである。

(とにかく、集中して描かないと)

この場の刺さるような視線や全く歓迎されていない空気はどうでもいい。今、自分がすることはメアリを見つけることただ一つだった。

シェイラは心を落ち着けてからペンを取った。

「できました」

三十分と少しをかけて、シェイラは捜索魔法の魔法陣を描き上げた。ところどころ文字や数字が潰れて見えるけれど、実際には細かく描き込まれているだけだ。線も計算も、細心の注意を払って仕上げた渾身の一枚である。

「見せてくれるか」

「どうぞ」

シェイラから魔法陣を受け取ったフェリクスは、窓の光に紙を透かす。

「……見事だな」

「妨害魔法をかいくぐるものと、転移魔法とを組み合わせてあります。すぐにメアリ様のお近くに行けるように」

「とは言っても、指定できる範囲は大きな街一つ分程度の精度では。大人数の捜索部隊を行かせてしらみつぶしに捜すとしても……見つかるかどうか」

シェイラのことを微妙な表情で眺めていた文官の一人が口を挟む。それをペネロペがきっ、と睨んだのでシェイラは慌てて彼女の手を握った。

「いいえ。これなら……精度は相当高いのではないかと」

意外なことに、眼鏡をかけた背の高い男が擁護に入ってくれた。魔法陣の扱いが特に丁寧なところを見ると、王宮勤めの魔導士なのだろう。ここにいるということは、プリエゼーダ王国でも一線級の存在ということになる。

「……シェイラ嬢とおっしゃいましたね。これだけのものが描けるのに、どうして国の魔導士として登録しないのですか」

「簡単なことです。私には魔力がありませんから」

「……！」

シェイラの回答に執務室がざわめく。周囲のシェイラを見る目が、また『魔導士』から『側室』を見るものに戻ったのが明確に分かった。

「黙れ」

そこに、フェリクスの厳しい声が響く。

「彼女の魔力の有無と魔法陣の精度は関係ない」

執務室は一瞬で水を打ったように静まり返った。

その空気に怯むことなく、シェイラはフェリクスに進言する。想像の通りなら、事態は一刻を争うからだ。

「この魔法陣を使ってメアリ様のところへ行くなら、私にも同行させてください。陛下が、この後詳細にお話しになることにも関わるかと思います」

「ああ。許そう」

フェリクスの承諾を受けて、ゲイリーと名乗った魔導士が手のひらに魔法陣をのせ魔力を吹き込む。

同行するのはシェイラのほかにフェリクス、ケネス、そして数人の護衛兼側近たちだった。わざわざ陛下が行かなくても、という声もあったが、メアリが行方不明になって一週間。最悪の事態を想定し、最善を尽くしたことが示せなくてはいけない、と言ったのはケネスである。

（メアリ様、どうかご無事で）

シェイラはフェリクスに肩を抱かれ、真っ白な光に包まれた。

初めは視界がはっきりしないのは、転移魔法独特のものだ。次第にもやが消え、視界が鮮明になっていく。

（ここ……）

そこは、湖のほとりだった。

「……メイリア王国との国境近くか」

フェリクスの言葉にシェイラは頷く。

「そうね。空気が違う」

「メアリ様はこの近くにいらっしゃるということですね」

「……ここに来たということは……間違いないだろう」

ケネスに答えるフェリクスは何か確信を持っている様子だった。その理由は、シェイラにも分かる。

（……ここは、私が前世の最期、城に仕える者たちを飛ばした場所）

前世で城が襲われた時、アレクシアは持てるだけの魔力を使って城にいる使用人たちをここまで飛ばした。隣国の一つ、メイリア王国は国交を結ぶ友好国である。走り書きに近いものだったけれど、当時は国王宛てに書簡も送った。

その結果、彼らは隣国で保護され、犠牲は最小限で済んだのだ。

（あの時は、混乱していて誰が裏切ったのかは分からなかった。転生してから私たちは真相を知ったのよ）

その時、湖に足を浸して佇む一人の女性が見えた。少し離れた場所に立っていて、見えるのは後ろ姿である。しかし、この見慣れた背格好は彼女で間違いがなかった。

「マージョリー」

メアリの前世の名を呼んだシェイラの声は、しんとした湖畔に響いた。

彼女は予想がついていたかのように落ち着いてゆっくりとこちらを振り向く。

「ご面倒をおかけして申し訳ございません、陛下」

一体どういうことだ、と困惑の表情を見せる同行者たちをフェリクスが手で制するのを横目で見ながら、シェイラは彼女のもとに歩いていく。

「……心配した。よかった、無事でいてくれて」

「陛下がお捜しになるのであれば、居場所が見つかることは想定済みでした。しかし、こんなに早くとは……さすがですわ」

「もしかして……今日着いたばかり？」

「はい。王都からここまでは時間がかかりますから。……前世、私はここの湖に身を沈めました」

メアリの答えに、シェイラは無言で頷く。

彼女の前世は、王宮の女官マージョリー・ハーレイである。アレクシアは十歳以上年上の彼女のことを信頼し、重用していた。

彼女は、城に張ってある防御魔法の結界に干渉できるごくわずかな人物の一人。そしてそれは城の陥落に繋がった。

(歴史の資料によると……マージョリーはハーレイ家を人質にとられて王家を裏切った。そして、アレクシアの転移魔法でここに飛ばされた後、隣国に保護される前に亡くなっている。アレクシアを悲劇の女王として崇拝する者が多いけれど、マージョリーもまたその対となる悲劇のヒロインとして知られている）

「前世、私は本当に取り返しのつかないことをいたしました」

メアリの身体はがくがくと震えている。日はまだ高いし、季節も秋で湖の水は冷たくはない。ついさっきまで死を覚悟していたはずのメアリが何に怯えているのか。シェイラには心当たりがあった。

シェイラは靴のままじゃぶじゃぶと湖に入っていく。

「陛下、お召し物が濡れてしまいます。どうかお戻りを」

「そんなこといいの」

「陛下」

メアリの怯えた表情を見て、シェイラは確信した。

「……マージョリー、ううん、メアリ様。今すぐ私に謝って！」

「……陛下」

真っ青な顔に涙を浮かべているメアリの腕を、シェイラは力強く掴む。

「私だって、前世でやり残したことはたくさんあったの。私のことを、手段を選ばない狡猾な存在だと思っていたでしょう？　でも、未来には希望を持っていた。好きな人だっていた。幸せになりたかった。それが、あの晩に一瞬で奪われたのよ。……だから、謝って」

「陛下。どうかそれだけは……ご容赦ください」

メアリは泣きながら頭を下げているけれど、シェイラも一歩も退かない。

「嫌よ。絶対に謝ってもらう」

「……シェイラ様は何を興奮されているのでしょうか」

後ろの方からケネスの声がする。少し離れた場所で見ているため、事態の把握がしきれない様子だ。しかもメアリはなぜかシェイラのことを『陛下』と呼んでいる。フェリクス以外の者に状況が理解できるはずもなかった。

「メアリ嬢は輪廻転生で生まれ変わった転生者だ。前世は、マージョリー・ハーレイ。このプリエゼーダ王国の城が最後に落ちた時、その手助けをした裏切り者だ」

「転生者……！　それも犯罪者とは……」

フェリクスの答えに、同行者の間には動揺が広がる。

確かに、この国では輪廻転生の概念がある。けれど、こうして実際にそれを目にすることはめったにない。併せて、転生できるのは精霊と取り引きをした高貴な魂だけである。当時、どうにもならない事情があったとはいえ、犯罪者が生まれ変わるとは前代未聞だった。

遠くに感じられる彼らの動揺を全く気にかけることなく、シェイラは続ける。

「どうして謝れないのか当ててあげましょうか？　……それは、マージョリーの心残りが私への謝罪だからよ」

「……」

メアリは口を引き結んだまま何も喋らない。

「私も、転生してからいろいろなことを知ったわ。あんな結果になることを見抜けなかったのは私の落ち度でしかない。ハーレイ家が抱えていたものにも気付けなかった」

「陛下がご自分を責めることはありません。悪いのは私一人です」

「確かに、あなたがしたことだけを見れば許せないわ。でも……謝りたいと思って死んでいった人に、もうこれ以上は……」

シェイラは言葉に詰まった。本当は、家族を人質にとられ正常な判断を下せる状態ではなかったのだから仕方がない、そう言いたい。何より、時を経た今はマージョリー自身もあのクーデターに運命を翻弄された被害者ということになっているのだから。

それに、転生するほどの『心残り』が如何ほどのものかということは、シェイラも身を以て知っていた。

けれど今、シェイラたちの後ろにはもう一人の当事者であるフェリクスと王族に仕える者たちがいる。軽率なことは言えなかった。

「私も、転生した。でも、アレクシアとしてではなく今はシェイラとして生きているの。だから、メアリ様に生きてほしい」

　シェイラは大きく息を吸って続ける。

「それが、マージョリーに出来る償いだわ」

「……！」

　涙を湛えたメアリの瞳が大きく見開かれる。そしてそのまま湖面に崩れ落ちた。

「陛下。申し訳ございませんでした。私は、なんと愚かな選択を」

　水の中で、メアリは両腕を抱えて震えている。

「いいのです。謝ってなんて、もう言いませんわ。だって私はシェイラですから」

「……陛、シェイラ様」

　シェイラはメアリの腕を引いて立ち上がらせると、ゆっくりと手を引きそのままフェリクスたちの方へと向かう。

　フェリクスと同行者たちは二人が戻ってくるのを見つめていた。

「なぜ、キャンベル伯爵家の令嬢がここまで犯罪者の生まれ変わりに傾倒なさるのかわかりません。ただ、後宮で話が合っただけという関係でしょう」

　シェイラとメアリの会話はしっかりと聞こえなかった。離れた場所からではただ二人が泣きながら話しているだけに見える。そのことに不満そうな一人の側近を、フェリクスは一瞥した。

「……シェイラ嬢も転生者だ。名は、アレクシア・ケイト・ガーフィールド。マージョリー・

ハーレイと同じ時代に生きていた」

「……それは」

ケネスが息を呑んだ。

「ああ。『悲劇の女王』、『美貌の女王』の方が知られた名かもしれないな?」

腕を組み鼻で笑ったフェリクスに、その場にいた全員は顔を見合わせる。

「まさか……」

「女王・アレクシアは高名な魔導士としても名を遺されているお方ですね」

「では、さっき描いていた魔法陣は」

「ああ。君たちは、かつて命がけで城と使用人を守った女王に暴言を吐いていたようなものだ」

フェリクスは、さっきまで執務室でシェイラに厳しく接していた彼らに対し、鋭い視線を送る。

その碧い瞳に浮かぶのは、側室に対する過剰な恋慕の情ではなく、強い憤り。

当然、言葉を返せるものはいなかった。

「王女、こちらへ」

フェリクスに特別な呼び名で声をかけられたので、シェイラは身体を震わせた。シェイラのそんな様子をものともせず、フェリクスは上着を脱いでシェイラの肩にかける。

（皆が見ているのに、これはありえないわ）

彼はシェイラの立場を考え、相応の振る舞いを弁えてくれているはずだった。それなのに。急に呼びかけられた王女という響きに固まった後、肩にかけられた上着を見つめたシェイラは困惑の色を隠せない。

「私は大丈夫ですわ。それよりもメアリ様を」

「メアリ嬢に何か身体を拭くものを」

フェリクスの言葉に、ケネスがすぐに肩掛けを取り出しメアリに渡す。それを確認したフェリクスは、シェイラの顔に飛んだ水しぶきを拭うように指を伸ばしてきた。

羽根を滑らせるような優しい手つきに、シェイラは呼吸を忘れそうになる。けれど、焦りですぐに我に返り、苦情を申し立てる。彼はまったく話を聞いていない。

「陛下」

「なんだ。ハンカチの方がいいか」

「いいえ。そんなに濡れていないので問題ありませんわ。……と言いますか、私は今日魔導士として呼ばれたものと思っていたのですが」

「ああ。済まない」

謝罪を口にしつつ、フェリクスはまだシェイラの髪についた雫を拭っている。

自分から離れないフェリクスをシェイラは眉を寄せて見上げた。そして周囲の気配を辿るけれど、なぜか咎める空気はない。

（これは、どういうこと）

「……そういうことだったのですね」

メアリがフェリクスを見つめている。さっき、彼はシェイラのことを『王女』と呼んだ。フェリクスの前世がクラウスなのだと理解したのだろう。精霊によって転生することは稀ではあるけれど、既にここには二人の転生者がいる。三人目がいてもおかしくなかった。

「！」

メアリが改めてフェリクスとシェイラに跪こうとする。これは、淑女の礼ではなく臣下の礼だ、そう察したシェイラは瞬時にメアリの身体を支えて阻止した。

「謝罪はもういただきました。ここからは、メアリ様として振る舞ってくださいませ。忠誠を誓うのも、謝罪をするのも、メアリ様としてです」

「……シェイラ様」

「そうだな。ハリソン伯爵家の面々はもちろん、後宮にいる皆が心配していると聞いているが」

フェリクスの言葉に、シェイラは頷く。

「そうです。穏やかに相槌を打ってくださる方がいないのでティルダ様の言葉はすっかり丁寧になってしまっていますし、優しく聞いてくださる方がいないので、サラ様の嫌味も鳴りを潜めていますわ」

「……ありがとうございます。シェイラ様」

シェイラは遠慮がちに微笑むメアリの手を取った。さっきまでの震えはすっかり止まっている。

「今頃、お二人はメアリ様のお部屋で帰りを待っているはずです。戻ったら、湯浴みをして温かくして、私達と一緒にお茶を飲みましょう」

「はい、ぜひ」

メアリの知的な印象の瞳が控えめに細まった。上辺だけと知っていても、メアリが笑ってくれたことにほっとする。シェイラは、改めて彼女の手を握り直す。

メイリア王国との国境に程近いこの場所で、百年と少し前に彼女は死んだ。

後悔を抱えその中でまた王宮に上がったメアリの気持ちが、シェイラには痛いほど分かっていた。

「それにしても……こんなに転生者が多いなんて不思議だわ。しかも、同じ時代よ」

城壁の上、ほの暗さの中にぽかりと浮かぶ上弦の月を眺めながら、シェイラは呟いた。

「あの日は精霊祭の前日、いや、日付が変わっていれば当日だった。何か特別なことが起きていても不思議ではない。俺たち以外に、あの場所で精霊に会った者は他にもいるのかもしれないな。なあ？」

『みゃーん』

フェリクスの言葉に猫に擬態したクラウスが相槌を打ち、彼の手にごろごろと身体を擦り付ける。ちなみに、シェイラは彼の前世の名前を借りていることをまだ言えていない。

(だって、今世でも会えるなんて思わなかったもの。もし知っていたら絶対に違う名前を付けていたわ。こんなの……恥ずかしすぎる)

話を戻すと、『精霊祭』というのは新年を迎える日のこと。精霊がつかさどるこの国では、一年の中でも最も特別な日として認識されている。

今日、メアリをメイリア王国との国境の湖から部屋に送り届けて休ませた後、シェイラは夕食を摂って大人しく部屋にいた。けれど、湯浴みを終えてもベッドに入る気になれなかった。

ひさしぶりに『魔導士』として依頼を受け魔法陣を描いたこと。マージョリー・ハーレイから謝罪を受けたこと。どうやら、フェリクスがシェイラの前世を話したらしいこと。

今日はいろいろなことがありすぎて、頭は冴え渡っていた。

時間はまだ遅くはない。シェイラは一人部屋を出て後宮の奥、森の匂いが感じられる城壁近くまできたのだけれど。

案の定、そこには先客がいたのだった。

「それにしても、私には城壁に登るなと言っていたのに」

「そう言っても登ってくるんだからな。……一人の時は絶対にやめてほしい」

シェイラはフェリクスが城壁の上に座っているのを見つけるや否や、器用に足場を利用して隣によじ登った。フェリクスの苦笑が懐かしくて、シェイラは照れ隠しに肩をすくめる。

「……君が、アレクシアだと皆に話した」

「だと思ったわ」

「ただ、俺が前世持ちだということは明かしていない。今、敢えて明かす必要はないだろう」

「そうね。ワーグナー侯爵家は今も存在する名門よ。いろいろなしがらみを考えても、正しい判断だわ」

シェイラとメアリが転生者だという事実は、今日のうちに王宮中に知れ渡った。特に隠す必要もないため、これから二人は前世を持つ人物として生きていくことになる。

しかし、フェリクスの前世に関してはさまざまな観点から側近のケネス含めて誰にも明かされないことになったようである。

メアリだけはフェリクスの前世がアレクシアの従騎士クラウスと理解した様子だったけれど、彼女なら知っていても問題がないだろう。

城壁の上、シェイラとフェリクスは堀側に足を投げ出して座っている。

頬を撫でていく夜風に、清々しく甘い秋の匂い。真っ暗な森にところどころ浮かび上がる灯り。静かである。

「今日……湖の中でメアリ嬢に、『好きな人だっていた』と言っていただろう」

「！　……聞こえていたのね」

「なぜかそこだけはな」

柔らかく笑うフェリクスの横顔を、シェイラは頬を膨らませて睨んだ。

「あれは、正直うれしかった」

「……」

何か眩しいものを見るようなその顔は、とても優しくて。

「……咄嗟に出た、王女としての言葉だろう。王女の側に十数年間仕えた、クラウスとしての自分がやっと報われた気がした」

彼が紡いでくれる想いの大きさに胸が痛くなる。それなのに思ったほどうれしさを感じない。

何も答えずに俯いたシェイラには、その理由が分かっていた。

(彼は、私の向こうにアレクシアを見ている)

今日、湖のほとりでフェリクスはずぶ濡れになったシェイラを拭き懸命に温めてくれた。生まれ変わり、女王と従騎士という立場的な障害がなくなったのだからもっと距離は縮まるものだと思っていた。けれど、実際にはそんなことはなくて。

あの時、久しぶりに彼に触れられたのに状況を把握できておらず、窘めてしまった自分を恨めしいとすら思ってしまう。

(フェリクスは好意を分かりやすく向けてくれるけれど、私に触れることはない。キスだって、

お互いの前世が分かったあの夜の一度きりだもの。アレクシアではなくシェイラとして生きる私に戸惑っているのだわ）

　シェイラとして生まれ変わったアレクシアは、フェリクスと向き合っているつもりだ。寝不足の蒼い顔や人を寄せ付けないオーラは、きっと前世の記憶を抱えていたからだけではないだろう。それに、碧と金のオッドアイを忌避する者だっていたはず。

　シェイラは猫のクラウスと出会い、生きる希望を持てるように導いてもらった。けれど、彼は誰の助けもなしに自分でその答えを見つけた。

　その十八年間まで含めて彼なのだと思うからこそ、シェイラはフェリクスと向き合っても前世での名は浮かばない。

（シェイラとして生きている私はもうアレクシアではない。何と答えたらいいのか）

　せっかく再会できたはずの二人の想いがすれ違っているような気がして。シェイラは、下を向いたまま足をぶらぶらと揺らしたのだった。

第四章　元・王女と従騎士

「ああー……泣ける。泣けるわ。本当によかったわねぇえ。どういうことなの？　今までに読んだどんな恋愛小説よりも泣ける。ていうか、実話なのが凄いわ」

右手で目もとを押さえつつ新しいハンカチを探すティルダの左手が空を切る。

「ティルダ様、ハンカチはもうありませんわ。泣きすぎで全部お使いになってしまったようです。というかその勢いでお泣きになるの、何度目ですか。年齢で涙腺が弱くなるのは本当のようですねえ」

サラは満面の笑みで絶好調の嫌味を放つ。けれど、当然のように自分のハンカチをティルダに差し出すところに彼女の優しさが透けて見えた。

「あーもう！　サラ様はかわいいわね！　また、皆でお茶を飲みながら楽しくこんなやり取りができるのもうれしい！」

その様子を、シェイラとメアリは顔を見合わせつつ見守っていた。

目の前には、焼き立てのスコーン、カラフルなクッキー、フルーツがたっぷりのったタルト、サンドイッチ。今日は特別にお茶のほかシャンパンも準備されている。

今日は、メアリからのお詫びの気持ちを示すお茶会だった。

「この度はご心配をおかけして本当に申し訳ございません」

ティルダとサラのやり取りが一段落ついたのを見て、メアリが改めて謝罪する。

「そうよ！　本当に心配したんだからね？　でも……無事に帰ってきてくれてよかった」

ティルダにサラも同意する。

「本当ですわ。こんな季節外れに湖に行かれていたと聞いて……お風邪を召さなくてよかったですわ」

二人は事の真相を知っている。けれど、敢えてぼかして話すのはメアリへの気遣いからだった。

――そして。

「フェリクス陛下とのこと、ずぅーっと伺いたいと思っていたのよ！　シェイラ様のことですから変な抜け駆けとかじゃないと思ってたけど！　子どもの頃に将来を約束し合った仲だ、ってどういうことなの！　私そういうの本当に大好物なんだけど！」

ティルダがまた鼻をぐずぐずと言わせはじめたので、呆れた顔のサラがハンカチを渡してやっている。

「黙っていて申し訳ございません。あまりにも幼い頃の約束だったもので……ここで出会って思い出すまでに時間がかかりまして」

「いいのよいいのよそれは全然！　しかも、シェイラ様の前世は女王・アレクシア様！　この国の国王陛下とかつての女王陛下が出会い、結ばれて支え合って生きていくなんて……こんなロマンチックな話、横恋慕する気にさえならないんだけど？　あー、どこかに殿方が落ちていないかしら！」

後宮で口にしてはいけない類の願望を垂れ流すティルダのことを面倒そうに一瞥しながら、サラが言う。

「ですが……これからはアレクシア様、とお呼びした方がよろしいでしょうか」

このお茶会が始まってすぐ、シェイラは自分の前世とフェリクスの関係についてティルダとサラに明かした。

前世がアレクシアということはこのまえの騒動で皆に知られていたが、問題はフェリクスとの関係である。

フェリクスが転生者だということを明かすわけにはいかない。ということで『フェリクスとシェイラはかわいい初恋の相手同士』という作り話をしたのだが。

意外なことに、たった今その話はあっさりと至極好意的に受け入れられてしまった。

（陛下がこの後宮に全く興味がないせいもあるのだろうけれど）

「私はシェイラ・スコット・キャンベルですわ。その名はもう使いません」

「ふふっ。分かりましたわ」

深く追及することのないサラの姿勢に、シェイラは深く感謝した。

「でも本当に聞いていた通り、ここは形ばかりの後宮に決まっちゃったわね⁉」

「ティルダ様ならご実家に下がりたいと言えば叶いそうですが」

「嫌よ。なんだかんだ言ってここは楽だし。それに、私、二十二歳よ？　下手したら行き遅れ扱い！　おじいちゃん閣下の後妻とか本当に勘弁」

「あら。でもゴージャスなティルダ様なら意外とお似合いな気はしますわ」

盛り上がるティルダとサラに聞こえない声でメアリが囁く。

「この金色の目の猫をシェイラ様がお連れになっているのを見て、少しだけ違和感はあったのです。こんなに美しい猫、めったにいませんし」

『みゃーん』

褒められたクラウスは得意げである。猫モードになり、シェイラの膝からメアリの膝にのり移って撫でてもらおうとしている。

「クラ……この猫がですか？」

リラックスしていたシェイラはついクラウスの名前を口に出してしまい、慌てて言い直した。

フェリクスと再会した今、クラウスの名前を呼ばないのは寂しいからではない。ただ単純に、前世の従騎士の名前を付けて愛でているのを知られるのが恥ずかしいからだった。

けれど、メアリはあっさりとそれに気付いてしまったようである。

「この子のお名前を伺ったことがなかったのですが……もしかして、フェリクス陛下の前世のお名前を付けておいでですか」

「いえ、あの」

囁くような声で話しながら目を輝かせるメアリに、シェイラはしどろもどろだった。そこに、二人の会話に気が付かないティルダが割り込む。

「あ！　そういえば、もうすぐプリエゼーダ王国は隣国との本格的な和平交渉に入るのよね？　お父様から陛下のお供に後宮の寵姫を同席させると聞いているんだけど……それはもしかしてシェイラ様が？」

「一応……そういうことにはなっています。寵姫としてではなく、適任、ということで」

「はい、この上なく適任でございます。隣国ゼベダとの交渉は、前世でも陛下が心を砕いていた悲願ですから」

メアリはシェイラの手を取って微笑む。

正式には、フェリクスとシェイラの婚約はまだである。けれど、シェイラの前世が明らかになると、表向きは二人の結婚に異を唱える者はいなくなった。

それは、アレクシアが自分の命と引き換えに国を守ったという歴史が好ましく思われているからである。

シェイラは『適任』という言葉を選びはしたが、王宮内の雰囲気ではシェイラが正妃として迎えられるのは既定路線になっている。

（……当然、これは喜ぶべきことなのだわ）

けれど、『王女』と呼ばれることに対しわだかまりが解けないシェイラは、戸惑いを隠せずにいた。


数週間後。

シェイラは侍女の手伝いでドレスアップしていた。

「フェリクス陛下にお会いになるのは随分久しぶりではないでしょうか、シェイラ様」

「そうね。今日のための準備でずっとお忙しい様子だったから」

「でしたら、もう少しお洒落を」

そう言って新たな化粧品に手を伸ばす侍女のアビーをシェイラは慌てて止める。

「いいの。今日の主役は私ではないのよ」

「……そうでしたね。今日はこの国にとって大切な日でした」

この後宮に上がってから数か月。後宮付きの侍女であるアビーとも仲良くなり、最近ではいろいろと気を回してくれるようになっている。

シェイラは鏡の中の自分を見る。白を基調としたドレスは袖周りや首元にデコラティブな装飾がほどこされていて、アレクシアの頃には着たことがないデザインのものである。『重要な外交ですからぜひ』とペネロペ第一王女が貸してくれたティアラは、かつてアレクシアも身につけたことがあるものだった。

今、この国には隣国・ゼベダの使節団が滞在している。まだ正式には発表されていないものの、数か月後の年明けには和平条約の調印式が行われる予定だ。今回はその調整のために王太子がやってきていた。

今夜行われるのは、会談とその後のパーティーである。概ね合意に至っているとは言え、今後の交渉をスムーズに進めるために両国間の親密さを増すことが重要だった。

「今回はゼベダとの交渉ですが……前世、アレクシア陛下が統治した時代では、メイリア王国ともまだ親交を深められたばかりだったのですよね」

「ええ。国交はもとからあったけれど、国を追われた避難民を積極的に保護していただけるほどに深い関係になったのはアレクシアの時代ね」

そのせいで当時、アレクシアにはメイリア王国の第二王子との縁談が浮上していた。当時を回想するシェイラの脳裏には、決して美形とは言えない丸顔の第二王子が思い浮かぶ。

(縁談はお受けしなかったけど……とても有能で良い方だったのよね。交渉の先導に立ってくださって。転生後、歴史書を読んで彼が生涯独身だったことにはびっくりしたけれど)

アレクシアと丸顔の第二王子に縁談が囁かれたのは、他でもなく第二王子側から好意を示されたからである。国同士の関係のその先に彼からの恋愛感情があることを察知していたアレクシアは、なおのこと婚約を固辞したのだった。

（メイリア王国には彼がいたからスムーズだった。でも、今世でのゼベダとの交渉はどうなるのかしら）

シェイラは背筋を伸ばし、椅子に座る。もうすぐ使いの者が迎えに来る時間だった。貧乏伯爵令嬢のシェイラとしては華やかな場に出るのは初めてだけれど、相応しい立ち振る舞いは前世で染みついている。

『今日は僕も一緒に行こうかなぁ？』

「あら、猫ちゃんも一緒に行きたいみたいな鳴き方ね」

シェイラの足元で鳴くクラウスの声は、アビーにも正しく理解されたようだった。

「ごめんね。今日はお留守番なの。いい子で待ってて。戻ったら一緒にお茶とミルクを飲みましょうね」

シェイラは、クラウスの柔らかな毛を優しく撫でた。金色のまん丸の目が、こちらを見つめている。

――けれど、返事はなかった。

「今日の立ち回りは分かっておいでですか、王女」

夜会が始まる前。まるでかつての任務中のクラウスのような言葉遣いをするフェリクスに、シェイラは剣呑な視線を向けた。悲しいことに、自分への恭しい言葉遣いはこの場に相応しくないと思いつつも、懐かしくて咎められないのが事実である。

「……ええ。ニコニコ微笑んで、相槌を打つことよ」

「その通りです。よく分かっておいでですね」

「……まだ続くの？　このやり取りは」

「悪い。少し懐かしかった」

フェリクスの苦笑につられて、シェイラも破顔する。

「ふふっ。アレクシアが即位する前はよくエスコートしてもらったものね」

「ああ」

フェリクスの肘に少し力が入ったのを感じて、シェイラも背筋を伸ばした。

すると、何かを思い出したかのようにフェリクスはシェイラの顔を見下ろす。

「今日のドレス。とてもよくお似合いですよ」

「……！」

(前世でも褒めてくれたことはあるけど……エスコート役としての義務だと思っていた気がする……こんな、まるで心の底から言っているみたいな言葉……調子がくるうわ)

不意打ちの褒め言葉は、心臓に悪い。ふー、と深く息を吐き、顔を手で扇いで鼓動が静まるのを待つ。隣からものすごく見られている気がするので、顔は真正面を向いたまま。すると、反対側から声をかけられた。

「シェイラ嬢。今日は私が通訳としてお供いたします」

それは前に後宮の廊下でぶつかった文官の一人だった。媚を売るようなにやにや笑いを浮かべる彼に、フェリクスは眉根を寄せる。

「彼女に通訳は必要ない」

「今夜は重要な夜会です。相手方に失礼があってはなりませんので」

隣国・ゼベダはプリエゼーダ王国並みに国土が広く、大きな力を持つ国だ。

たとえば、メイリア王国は通貨も言語もプリエゼーダ王国と同じ。けれど、ゼベダとはどちらも違う。それほどの国力があるのだ。だからこそお互いに妥協点が見つからず、和平はなかなか実現してこなかった。

慇懃に頭を下げる文官を見てシェイラは逡巡する。

(私もゼベダの言葉は話せるけれど……歴史を振り返ると外国語を流暢に話せる君主の方が少なかったわ。私の前世を知っていても、交渉の準備役として彼が心配するのは仕方がないことかもしれない)

「陛下。こちらの方がおっしゃる通りですわ。今日は大切な日。粗相が無いように、通訳をお願いしますわ」

シェイラの前世がアレクシアだと知られてから、王宮でのシェイラに対する扱いは大きく変わった。けれど、一部には最初の振る舞いの引っ込みがつかない者もいる。

――この、目の前の文官のように。

(私個人に対しては良い印象がないのだろうけれど、文官として仕事には誇りを持っているはず。それで士気を保てるのなら、好きなようにさせるべきだわ)

ホスト役として入り口でゼベダの王太子を待ちながら、シェイラはフェリクスに問いかける。

「ゼベダとの交渉が進み始めたのはここ数年のことなのでしょう？　何かきっかけがあったのかしら」

「今回の滞在でお越しになっているアルバート王太子殿下が立太子してからだな。相当な切れ者だと聞いている。俺も今回の交渉で初めて会ったが、初めて会った気がしないというか……まあそれはおいておいて、とにかく聡明な方という印象だ」

ふぅん、とシェイラが頷きかけたところで隣の文官が囁いた。

「アルバート殿下がお越しです」

隣国・ゼベダでは、漆黒の髪に同じ色の瞳、という特徴的な外見の者が多い。けれど、目の前に現れたのは赤みがかったブロンドに透き通った琥珀色の瞳の男だった。背が高く、体軀もがっしりとしている。

(王太子というよりは、軍人、に近い雰囲気のお方だわ)

「はじめまして。アルバート・ウィリアム・メイズです」

フェリクスへの挨拶を終えたアルバートがシェイラにプリエゼーダ王国の言葉で挨拶をする。あまりの流暢さに、シェイラは目を丸くした。

「シェイラ・スコット・キャンベルと申します。どうかお見知りおきを」

シェイラが手を差し出すと、彼はシェイラの手の甲に軽いキスを落とす。

（それにしても……なんだか……見たことがあるというか……）

この既視感の正体が何なのか分からなくて、シェイラは首を傾げる。それは、アルバートにとっても同じことのようだった。

「……失礼ですが、どこかでお会いしたことは？」

「生憎ですが」

予定通り、シェイラはニコニコと笑ってかわす。この会話は、先入観なしに見ても口説かれているようなものである。けれど、フェリクスは間に入ることがないし、シェイラもアルバートに頭を捻るばかりだった。それだけ、三人の間には不思議なものが漂っていた。

夜会が始まると、アルバートのもとには貴族たちが順番に挨拶に訪れる。シェイラとフェリクスはそのエスコートをするのが役目だった。

人の波が切れたタイミングで、アルバートが側近に自国の言葉を使い早口で言う。

『……さっき言ったように、今日は疲れているんだ。夜会の間は耐えるが、終わったらすぐに休めるように手配してくれるか』

『御意』

彼は自分の側近だけに聞こえるように言ったはずだったけれど、シェイラにはばっちり聞こえていた。フェリクスに目配せをしようとするが、彼は彼でケネスに指示を出していて聞いていない様子である。

そこに、シェイラに囁くように進言したのは文官だった。

「シェイラ嬢。アルバート殿下はもっとたくさんの方にお会いになりたいとお考えのようです。夜会の後、場を整えて差し上げてはいかがですか。初めはご遠慮なさるかもしれませんが、多少強引にお誘いすればお喜びでしょう」

「！」

シェイラは顔を顰める。

（……この文官は……何を）

さっきアルバートが側近に囁いた言葉は早口だった。シェイラには理解できないと踏んだのだろう。そして、この文官は不自然に古い言い回しを使っている。けれど、アルバートの眉がぴくりと動いたのが見えた。

（アルバート殿下はプリエゼーダ王国の言葉を完璧に理解しておいでなのだわ）

と同時に、通訳を申し出たこの文官の狙いを知る。きっと、アルバートのことをしつこく誘わせてシェイラにこの場で恥をかかせようという魂胆なのだろう。

（……たった一人の小娘を貶めるためにこんなでたらめな通訳をするなんて。アルバート殿下もお気付きよ。これでは我が国の印象が）

シェイラは、意を決すると文官に向き直った。そして、隣国・ゼベダの言葉で言う。敢えて早口で。

『あなたが何を勘違いなさっているのかは分かりません。ですが、ここはご自分でおっしゃっていたように重要な外交の場です。我が国の名誉を貶めたくなければ、今すぐ下がりなさい』

「シェイラ嬢……おっしゃる意味が分かりませぬ」

「でしたら、なおのこと通訳としては不要ですわね」

「……下がれ。理由は後で聞く」

ケネスとの会話を終えていたらしいフェリクスは何やら揉めている二人に気が付いたようだ。

国王としての厳しい声色に、にぎやかだった会場が一気にシンとする。

緊張感が漂うその空気を緩ませたのは、意外なことにアルバートだった。

「ふっ。くっ……くくくく。これは面白いですね」

破顔という言葉では収まらないほどの大きな笑いである。

「誰かに似ていると思ったのですが、そうか。あなたはかつてこの国を治めた女王陛下に似ておいでなのですね。初めは髪と瞳の色だけかと思いましたが、気の強さもそっくりだ」

まるで見てきたような言い方に、シェイラとフェリクスは顔を見合わせた。その隙に、シェイラの通訳としてついていた文官は青い顔をして引き上げていく。

「交渉に際し、随分と我が国に興味を持っていただいているようで。感謝します」

「はい。近隣諸国の和平が成されることは、悲願でしたから」

表面的なフェリクスの謝意に、アルバートは上機嫌で微笑んだのだった。


その後、夜会を中座したシェイラは客間に向かった。アルバートの体調が万全ではないと知り、大広間から一番近い部屋を休憩所として準備するためである。

自分に向けられたつまらない感情が原因でこの交渉が躓いてはたまったものではない。

（さっきの一件で彼は我が国にいい印象をお持ちではないはず。これ以上の粗相は許されないわ）

本来であれば側近に一言伝えればそれで済む話だったけれど、生憎シェイラにまだそんな権限はない。

ちょうど、王宮勤めのメイドと出会ったので支度を手伝ってもらう。

「承知いたしました。では……後はこちらの部屋に灯りを点け、暖炉に火を入れておきます」

「ええ、助かります。お客様が万一の際にくつろげるように準備をしたくて……ありがとうございます」

部屋の準備を終え、角を曲がって回廊に出た。早く会場に戻らなければ、と思い速足になる。すると、そこには相棒がいた。

「クラウス……！　どうしてここに！」

『シェイラ』

なぜか、留守番中のはずの猫のクラウスが大理石の回廊の真ん中に座っていた。シェイラは慌てて駆け寄ると、抱き上げる。

「よくここが分かったわね？　でも、部屋で待っててくれる？　あなたは会場に入れないのよ」

『それは無理だな。ちょっと会いたい人がいるんだよね』

「会いたい人って……？　また今度にしてくれない？」

『だーめ。今日じゃないと会えないんだ』

ふさふさのしっぽがシェイラの腕を撫でる。どうやら相当ご機嫌な様子だ。

（……どうしよう）

「猫とお話し中ですか」

「！」

背後から声をかけられ、振り向いたシェイラの目に入ったのはなぜか会場から出て来ていたアルバートだった。

「……お見苦しいところを。この猫は、私の友人のようなものでして」

シェイラがそう答えるのと同時に、クラウスは腕をすり抜けて肩にのる。その姿を見たアルバートは、目を見開いた。

「……随分と珍しい猫ですね。真っ白い毛に金色の瞳。まるで精霊だ」

シェイラははっと息を呑む。そして、目の前のがっしりした体躯のアルバートをじっと見た。

（クラウスは魔力の気配を消しているのに……どうして）

無意識のうちに、シェイラは一歩後ずさっていた。精霊への信仰が厚いのはこのプリエゼーダ王国だけではなく、ゼベダやメイリア王国でも同じこと。

どう接するべき相手なのか判断しかねているシェイラに、アルバートは柔らかく笑う。

「なんてね。冗談です。精霊なんてそう出会えるはずはない。例えば、大きな後悔を抱えて死ぬ直前、とかね」

「……まるで、大きな後悔を抱えて死んだことがあるみたいですわね」

（陛下は彼のことを相当な切れ者だと言っていたわ。何の根拠もなくこんな話をするはずが、ない）

何かヒントがないかとシェイラはアルバートの瞳を見つめる。けれど、どこにも心が乱れる様子は見えなかった。

そこでなぜか、前世でアレクシアの力になってくれたメイリア王国の第二王子の顔が思い浮かぶ。丸顔ばかりが印象に残っていたけれど、彼の赤みがかったブロンドと琥珀色の瞳は目の前のアルバートにそっくりな気がする。

——あの丸顔の第二王子の名前は何だったか。

「その通りです」

考え込むシェイラは、シェイラの軽口を肯定するアルバートの答えを聞き流していた。そして。

（……そうだわ。彼の名は、グレッグ殿下）

「私の前世の名は、グレッグ・ユーバンク・メレルズと言います」

シェイラが思い出すのと同時に、その思い出したばかりの名前が彼の口から発せられた。

「……え？」

ぽかんと口を開けて固まるシェイラに、アルバートは続ける。

「実は先ほど、会場内で不思議な噂を聞きまして。フェリクス陛下がお連れのご令嬢はかつてこの国を治めた女王——転生者だ、と。それで話をしてみたくて、ここに」

（……四人目。どういうこと）

「あなたは……メイリア王国のグレッグ殿下の生まれ変わりだと？」

「はい。まさかここでアレクシア様にお会いできるとは思いませんでした」

彼の琥珀色の瞳が細められる。さっきまでの冷静さが嘘のように頬は紅潮し、表情は綻んでいる。精悍なはずのアルバートの向こうに、丸顔の人懐っこい笑顔が見えた。

（ああ、私は確かにこの笑顔を見たことがある）

「プリエゼーダ王国の国王にはまだ正妃がいないと聞いていましたが……フェリクス陛下とはご婚約を？」

アルバートが、シェイラの方に一歩近づく。シェイラは反射的に一歩下がろうとしたけれど、彼が跪こうとしていることを察した。

（いけないわ）

シェイラが、手を伸ばしてその仕草を止めようとしたところで。

「ご用は私が伺いましょう、アルバート殿下」

大理石に、フェリクスの冷たい声が響いた。

「これは、プリエゼーダ国王陛下。手洗いに行った帰り、道に迷ってしまいまして。ちょうどシェイラ様に大広間までの道案内を頼もうと思っていたところなのです」

微塵の動揺も見せず、アルバートは微笑む。フェリクスの方もシェイラを一度も見ることなく、答えた。

「案内は別の者が引き受けましょう。……ケネス」

「はい、陛下」

フェリクスの声にケネスが一歩出る。平静を装っているように見えるものの、その表情には『これはまた面倒な』という感情が透けていた。

「申し訳ありません。こちらのシェイラ様とは個人的に深いつながりがございまして。もう少しお話しできればと」

「聞こえていました。貴殿が本来とは違う名前を名乗っておいでのところから」

フェリクスは笑顔だが、声色には怖いぐらいの緊張感が漂っている。

（……怒ってる）

シェイラは、一度もこちらを見てくれないフェリクスを見上げる。

前世でのクラウスは、当然、メイリア王国の第二王子がアレクシアに並々ならぬ感情を抱いていることを知っていた。それでいて、アレクシアへの縁談に口出しをしたことは一度もない。

彼に与えられた権限と任務を思えば当然のことだったが、アレクシアにはそれが少し寂しく感じるところではあった。もちろん、それを顔に出すことは酷なのも知っていた。

「もう下がっていい。まもなく夜会は終わる時間だ」

「ですが陛下」

やっとこちらを見てくれたフェリクスに、シェイラは食い下がる。仕事は完遂するのが信条だ。けれど、瞬きしかできない言葉が継がれた。

「今夜は無理だが……後日、落ち着いたらそちらに行く」

（……え）

『分かった、待ってる』

肩の上のクラウスが、呆気にとられているシェイラの代わりに返事をした。

「えっっっ！　今日、陛下がこちらに……！」

ティルダが元々大きな目をさらに剝いた状態で言う。手にしているサンドイッチのキュウリがぽろりとこぼれ落ちそうだけれど、誰も指摘しない。

「いえ、あの、そういう感じでは」

あまりにも何かを期待しているティルダを見てシェイラは慌てて否定したが、もう遅かった。

「そういう感じってどういう感じよ？　ここに来て何か月が経ったと思ってるのよ！　やっと『お渡り』！　待ってた！」

ほぼ叫びに近いティルダの大声とともにキュウリはぺらりとテーブルの上に落ち、それを隣に座っていたメアリがニコニコと無言で拾う。

「ティルダ様。お分かりとは思いますが、陛下はシェイラ様のところにお越しになるのですわ。母国語すら満足にできない淑女は殿方に嫌われますわよ」

「くっ！　サラ様、あなた今日もかわいいわね！　分かってるわよ！」

サラの嫌味は、このお茶会になくてはならないものになっている。けれど、今日の専らの話題は『今夜、この後宮に陛下がやってくるらしい』という事実だった。

「ところで……昨日、ゼベダの王太子殿下が国にお帰りになりましたよね。『交渉の序盤は良い雰囲気だったが、日程の最後の方は雰囲気がぎくしゃくしていた』というような噂が聞こえますが。夜会で何かあったのでしょうか？　今夜、陛下がシェイラ様のところにいらっしゃるのに関係は」

メアリの問いに、シェイラはため息をついた。

交渉が大成功とは言えなくなってしまったのは、シェイラを陥れようとする文官によるくだらない策略がきっかけである。

ちなみに、あの文官はその日のうちに配置換えを申し渡され、王宮を去った。

そしてもう一つの心当たりといえば。

「ゼベダの王太子殿下と私が回廊で話しているのを見たフェリクス陛下が少し不快感を示されて……。供をつけずに歩いていた私が悪いのですが」

「何それどういうこと！　フェリクス陛下が嫉妬したってことかしら？　あのつくりもののように美しいお顔で？　なにそれきゅんとするのだけれど！」

「ティルダ様は本当にお嬢様ですわねえ。嫉妬を抱えた殿方は少し怖いものですわ」

染まった頬を両手で押さえるティルダに、サラが涼しい顔をして言う。その言葉はシェイラにも刺さって、今夜の『お渡り』に身構えてしまう。

「ですが、あの国王陛下がシェイラ様へ声をかけられたぐらいで交渉の雰囲気を台無しにするとは些か不自然に思えます」

ゼベダの王太子・アルバートが前世でアレクシアに横恋慕した転生者だということは明かしていない。それでも違和感に気付くメアリの鋭さはさすがだった。けれど、話は思わぬ方向に進む。

「ですが、複雑なお話は一先ずおいておいて。……今夜の御仕度をお手伝いしてもよろしいでしょうか」

「……メ、メアリ様？」

にっこりと微笑むメアリに、シェイラは笑顔を引き攣らせた。

「私は、長くアレクシア様にお仕えしてまいりました。最期のことは本当に……。ですが、こんな日が来たら良い、と心から思ったこともあったのです」

「待ってた！　この流れになるのを！　早速、ナイトドレスをどれにするか決めましょう！」

それまで静かに耳を傾けていたティルダが勢いよく立ち上がる。後ろにがたん、と倒れそうになった椅子を彼女の侍女が慌てて受け止めた。

話の向きをサラも察した様子である。

「今、とっておきの品をお持ちしますので少々お待ちくださいませ。父が送ってくれた、高級品の眠り薬ですわ」

「それ必要ないわよ？　陛下はご自分の意思でこちらに来るんだから！　ていうかそれ高貴な人に飲ませたら犯罪よ？」

「ティルダ様は本当にお子様ですねえ。朝までお部屋で過ごされることが重要なのです。それだけで、口うるさい文官も黙らせられますわ」

「ちょっとどうしよう教育係から聞いたことないんだけどそれ！」

「……あの……皆様……？」

（フェリクスは……今回はそういうつもりではないわ。四人目の転生者・アルバート殿下のことをお話ししにくるだけなのに）

事実、ゼベダの王太子がシェイラに執着してくるようなら面倒なことになりかねない。話し合わなければいけない課題は山積みである。

今回、フェリクスがわざわざ後宮に来るのは、シェイラを王宮に頻繁に出入りさせることを避けたいからなのだろう。

（併せて、この機会に『アレクシアの心残りは世界平和』と思い込んでいるフェリクスの誤解も何とかしなければ）

けれど。あまりに楽しそうにはしゃいでいる後宮の面々に、やっぱりシェイラは何も言えなかった。

（これぐらいがちょうどいい……ていうか、寝間着で待つ必要すらないのだけれど）

シェイラが持っているナイトドレスに、そういうデザインのものはない。シェイラが後宮に上がることを知った姉のローラが、わざとそう手配するように仕向けたのだ。

その時のシェイラは正直どうでもよかったので、好きなようにさせておいた。

今だって、しっかりした厚めの生地にひざ下まで隠れ、ボタンもリボンも一分の隙もないこの寝間着に不満はない。

ついでに上から厚手のガウンも羽織った。これで、彼から薄着で人に会うな、と怒られる心配もないだろう。

「シェイラ様、いけません。こちらでお待ちくださいませ」

寝室を出て一階のサロンに下りようと扉から顔を出したシェイラを、侍女のアビーが慌てて止める。

「どうして？　もうすぐ陛下がいらっしゃるのよ」

「お渡りの際は寝室で待つのが決まりですので」

「……」

何の動揺も見せずあっさり上品に微笑むアビーを見て、シェイラはさすが後宮勤めの侍女だ、と察した。

本当に役目を果たすために後宮に上がったのならこの上なく心強いはずだが、いまのシェイラにそのしきたりは場違いで恥ずかしさしかない。

部屋から一歩も出さない、という構えのアビーを見て一階に下りることをあきらめたシェイラは、ベッドの脇に置かれたソファへと腰を下ろした。

サイドテーブルには湯気が立ち上るポットと温められたカップが置かれている。

（そういえば、このカップ……）

さっき、後宮メンバーできゃっきゃと楽しく『お渡りの準備』をした時、サラがこのカップに何かを塗っていた気がする。そして『殿下には紺色のふちのカップをお渡しください』と意味深に微笑んでいた。

（サラ様の話の内容からすると、危なくはないにしろ、ろくなものではないわ……）

シェイラは笑いを堪えつつ、カップを片付けようとティーセットに手を伸ばす。そこで、部屋の扉がコンコン、とノックされた。

「！　はい」

「シェイラ様、国王陛下がお越しです」

「……どうぞ」

こんな形で会うのは何となく気恥ずかしかった。

「……済まない。こんな大ごとになるとは思わなかった」

「ふふっ」

扉を開けるなりいきなり謝罪を口にしたフェリクスに、シェイラは吹き出す。焦っているような素振りからは、この前の夜会の最後に見えた怒りはどこにも感じられない。

(よかった。交渉は大成功には終わらなかったけれど……挽回はきくみたいね)

「周りがすっかり勘違いしているから、焦って喉が渇いた。ケネスもうるさくて……このお茶、貰っていいか」

「もちろん……あ、新しいカップを準備するから少し待っていて」

扉を閉め振り向いたシェイラが目にしたものは、自分で紺色のふちのティーカップにお茶を注ぎ、ごくごくと飲むフェリクスの姿だった。

「……あ！」

「別にいいだろう。それに、王女に茶を注いでもらう気はない」

シェイラが声をあげたのを、フェリクスは自分でお茶を注いだことへの驚きと受け取ったようである。それに、綺麗に並んだティーカップの一つを自分用と把握するのは自然なことだった。

(しまったわ。もっと早く気付くべきだった。サラ様は『高級品の眠り薬』と言っていたから……効果やスピードはかなりゆっくりなはず)

シェイラはフェリクスの瞳を覗き込む。当然、まだ意識ははっきりしているようだ。

「どうかしたか」

「ええ。多分、このカップにはメトカーフ子爵家肝煎りの眠り薬が」

「……まじか」

フェリクスはしまった、という風に顔の片側を歪める。その反応は国王というよりは子どもの頃のクラウスに近く、懐かしさを覚えた。

「陛下がいらっしゃるからと……皆様が張り切って、その。ごめんなさい」

「くっ……くくく。随分仲良くしているのだな。邪推すると、サラ嬢の狙いはわずかに残る君をよく思わない者たちを黙らせるため、と言ったところか」

「……その通りです」

さっきまでのあられもない後宮のはしゃぎ様を白状することになったシェイラは、頬を赤らめる。

「では、眠くなる前に話さなければいけないな」

フェリクスの声色が変わったので、シェイラも背筋を伸ばした。

彼はソファではなくベッドに腰を下ろす。天蓋のカーテンは片側だけが開いている。この部屋にあるのはオレンジ色の灯りが二つ。

そこに照らされてできる影に目が行って、シェイラは何となく目を逸らした。

「少し調査をした」

「何の？」

「転生者についての調査だ。アルバート殿下で四人目だろう。あまりにも多すぎると思った」

「確かにそうね。メアリ様まではそういうこともあるのかなって思ったけど……さすがに多いわ」

「調べたところによると、あの襲撃に関わった家の当主は、転生者だったのではないかという資料が見つかった」

「マージョリー・ハーレイを脅した犯人が？」

「ああ。ただ、当時はそこまで重要な情報ではないと判断したのだろう。詳細は分からない」

「……精霊が選んで転生させた者が、百十数年前、王位を手にしようと裏切りを企てた……。もし……精霊がそれを過ちと思っているのなら、少し繋がる気がするわ」

「……」

そこでフェリクスが黙ったので、シェイラは顔を上げる。

「知っているわ。当時のメイリア王国の第二王子・グレッグ殿下がアレクシアに援軍を送ろうとしたと」

「……そうか。まぁ、歴史書に載っているしな。王女なら既に知っているか」

そう。あの襲撃の時、一刻も持たずに城は落ちた。

けれど、避難民を保護して欲しいというアレクシアからの走り書きを受け取り、グレッグはすぐに自ら援軍を動かしている。それほどに、アレクシアへの想いと忠誠心は強かったらしい。

その事実を踏まえると、グレッグの生まれ変わりであるアルバートも襲撃に無関係とは言えなかった。

「……それで」

不満の色を浮かべるフェリクスの顔をのぞき込みながら、シェイラは続けた。

「夜会真っ最中のあの場で、わざわざ私の部屋に行くと伝えたのはこの話がしたかっただけなの？」

「……いや」

「そう」

さっきまで、鋭い瞳をしていたはずのフェリクスの表情が幼く見える。きっと、ゼベダとの難しい交渉に疲れているのだろう。自分にも覚えのある感覚に、何か声をかけたいと思ったけれど、彼との立場の違いを思い直して口を噤む。

（同じじゃない。あの頃の私のすぐそばには、いつもクラウスがいたのだわ）

フェリクスの側近であるケネスは、国王のことを理解し支えてくれる非常に優秀な人物なのだろう。けれど、アレクシアはクラウス以上に心を満たしてくれる存在を知らなかった。

彼の癒し方を考え込むシェイラの手を、フェリクスが握る。オレンジ色の光に、二人のつないだ手の影が浮かび上がる。

（え）

そして、何か言葉を発する前に、そのまま引っ張られた。

いつの間にか、ベッドに腰掛けたフェリクスに抱えられるような形になっている。シェイラがフェリクスを見下ろしているけれど、顔がとても近い。

抱きしめられているので、当然フェリクスの表情は見えなかった。少し身体を動かすと、ただ、優しく包んでいただけのはずの彼の手に、ぎゅっと力が入った。

（顔が見たいけれど……勇気が出ない）

ぴりぴりとした、甘くも鋭い緊張感がシェイラを襲う。このまま少し身体を離して瞳を合わせたら、何か急激な変化が訪れるような気がして。身じろぎもせず、シェイラは自分を落ち着かせるように深く息を吐いた。

「……」

せめて何か言おう、と口を開いたけれど。この際相応しくない世間話でもなんでもいい、と思うのに、それすらも出てこない。

部屋は静かである。『魔力がなくても使える灯り』に音はない。その痛いぐらいの静けさを、フェリクスの掠れた声が揺らした。

「本当は。あの男の前で、君が俺のものだということを知らしめたかった」

低く落ち着いて聞こえるのに、その響きはどこか拗ねた子どものようで。

「……あなたらしくない」

「ゼベダが……交渉の条件に、君を出してきたらどうしようかと思っている」

「そんな馬鹿なこと言うはずがないでしょう？　一国の王太子よ？」

「いや、どうやらそうでもないらしいぞ？　次回の調印式はゼベダで行われる予定になっているが。先方から、君は当然同行するのだろうと確認があった」

「あなたが心配だというなら私は行かないけれど。……でも、交渉を有利に進めるために私が役立つなら使うべきだわ」

　その瞬間、耳元にふっと吐息がかかって、頬が熱を持つのが分かった。

「……王女は、絶対にそう言うと思った」

（グレッグ殿下は、そういうお方ではなかったはず。確かに、アレクシアへの特別な感情があったのは事実だろうけれど……。もしかしたら、私と話がしたいとおっしゃっていたのには何か別の理由があるのかもしれない）

　シェイラは推測したことをフェリクスには告げない。彼は、間違いなくアルバートに妬いている。彼を今この場で庇うことは、何となく自分のためにはならないと思った。

「あー……もうダメだ。眠い」

　いつもより幼い口調の後に、シェイラの鼻のあたりをフェリクスの繊細な髪がくすぐる。いつもの香水ではない、石鹸の匂いがした。

「サラ様のお薬のせいね。ふふっ。いいわ。私のベッド、貸してあげる。話さなければいけないことはもう終わった？」

「……アレクシア」

ふいに、シェイラの前世の名前が呼ばれて、どきっとする。

二人きりになった時にでさえ、頑なに『王女』としか呼ばない彼の口から漏れたのは、あまりにも甘い響きで。

（前世でも、最後に呼ばれた気がする。そして、私はクラウスの腕の中にいた。それが最後の記憶）

恐る恐る身体を離してフェリクスの顔を覗くと、彼は深い眠りに落ちていた。

「お……重い」

試行錯誤し、何とかベッドに彼の身体を横たえるとブランケットをかける。

「アレクシア、か。あの頃はもっとそんな風に呼ばれてみたいと思っていたわ」

（そういえば、昔も似たようなことはたくさんあったわ。もちろん、立場は逆だし眠り薬もなかったけれど）

例えば、別邸へ出かけた日。今日は夜通し勉強がしたい！　と意気込みつつ図書室のカウチソファで眠りこけてしまったアレクシアが目覚めるまで、クラウスは隣で本を読んで待っていてくれた。

ただ勉強がしたいだけではなく、夜の図書室で過ごしてみたいという気持ちを汲んでくれたのだ。口うるさくあれこれ言いつつも、結局は甘やかしてくれるクラウスの存在はとてつもなくくすぐったかった。

アレクシアは、物心がつく前から帝王学を学んだ。人の上に立つための勉強は、確かに面白かった。けれど、高貴な立場にいるアレクシアには想像でしか解り得ない理論も多かった。

その中で、人を大切にするということはそういうことなのだ、とすとんと落ちたのはクラウスのおかげである。

王城の裏に広がる森は、アレクシアとクラウスが小さな頃から親しんだ場所だ。だからこそ、シェイラもフェリクスも城壁に登ってそこを眺める。

「最後に行ってから……もう、百年以上が経っているのね」

正直なところ、もう二度と足を踏み入れられないと思っていた。彼に再会するまでは。

ベッドに視線を戻すと、無防備なフェリクスの寝顔がある。サラが盛った眠り薬は、量で繊細に効き目を調節できる高級なものだ。だから、彼がぐっすり眠っているのは半分は薬のせいではないと思えた。

（最近は本当に忙しそうだった。少しでも、ゆっくり休んでほしい）

そう思いながらも、眠りに落ちる時に彼が呼んだ名前が心に影を落とす。床に膝をつき、フェリクスの寝顔のすぐ側に顔を寄せて呟いた。

「……あなたは、シェイラが生きてきた十八年を知っている？」

翌朝。

目覚めたシェイラが見たものは、いつもの天井だった。

（あれ……ソファで眠ったはずなのに……）

きょろきょろと周囲を見回すけれど、フェリクスはもういないようだ。下がっている天蓋の布の向こう側に、朝日の気配を感じる。

シェイラは大きなベッドの真ん中で身体を起こした。少し離れた――昨夜、フェリクスが寝ていたはずの場所を触ると冷たかった。

「……そういえば、まだ誤解を解いていなかったわ」

フェリクスとシェイラの間の、大きな誤解。それは、シェイラの前世での心残りに関するものだ。

フェリクスはそれが『世界平和』だと思っている。けれど、シェイラの想いは当然そんなところではなかった。

（私の望みは、彼だけだった）

二十一年という短い生涯の最期に想った言葉。それを伝えたら、きっと彼は喜んでくれるのだろう。

けれど、シェイラの引っ掛かりは日に日に大きくなっていく。

――フェリクスは『クラウス』として『アレクシア』を愛しているのだ、という。

「別に当然のことだわ。私だって、クラウスに会いたくて生きてきたんだもの。それに、中身は同じよ。ただ、空白の十八年間があるだけ。……でも」

（もやもやする）

冷たいシーツを頭から被る。ふわりと舞った石鹸の香りに、朝までここにはフェリクスが眠っていたことを思い出す。

どうしようもない愛しさと、わがままだと自分でも分かっているのにコントロールし難い怒り。こんなに感情的になる自分が怖くて、シェイラは息をついた。

（……そうだ。散歩にでも行こう。今日は、城壁から見るのではなく、直接森まで行ってみよう）

ばさっ、と勢いよくシーツをはらうと、シェイラは早速準備をはじめたのだった。

「クラウス……待って」

裏の城門をくぐり、橋を渡ってシェイラは森まで来ていた。

後宮に暮らしているとはいっても、行動は自由である。頻繁に城下町へ出かけるのは難しいが、裏にある森へ行くぐらいなら女官長の許可を得ればすぐに可能だ。

『こっちこっち！』

広い森が楽しいのか、クラウスは跳ねるようにして先へと進んでいく。

（ここ……本当に、百十三年ぶり……だけど、全然変わっていない）

太陽の光が樹々の葉の隙間からしか届かない、鬱蒼とした森。もう秋のはずなのに、濃い緑が目に鮮やかだ。

「昔からこうなのよね。ここは、季節感がない」

大好きな土と葉っぱの匂いを胸いっぱいに吸い込んで、シェイラは木陰に腰を下ろした。柔らかい地面の感触がとても気持ちがいい。

ふと、アレクシアとして十四歳になったばかりのある日の思い出が浮かぶ。

（ここでクラウスは不満を言ったわ。なぜ自分を専属の従騎士に選んだのかと）

それは、父王がクラウスに勅命を告げた直後だった。二人とも少しずつ大人になりはじめ、アレクシアはクラウスが自分から離れて行こうとしていると感じた。そして彼と一緒にいるために言った唯一の我が儘の結果である。

「私はそれに、ずっと隣にいなさい、って答えた気がする……」

(自分で言うのも変だけど、随分な言い分だわ。もう少し言葉の選び方というものがあったはずなのに)

勝気で不器用な自分に笑みがこぼれて、シェイラは天を仰いだ。

あの時、クラウスはどんな顔をしていたのか、その後どんな会話を交わしたのかがどうしても思い出せない。きっと、当時のアレクシアにとっては『ずっと隣にいなさい』が精一杯の言葉だったのだろう。だから、彼の顔が見られなかった。

(当時とは違った悩みもあるけれど……想いを告げることさえ満足にできなかったあの頃に比べると、今は本当に幸せだわ)

天を仰いでいた顔を正面に戻す。——何だか、白い気がする。

(……これは、霧だわ)

急いでスカートのポケットに手を入れ、一枚の魔法陣を取り出す。

シェイラは六歳の時に霧に巻き込まれ、そこで猫のクラウスに会った。それ以来、霧を見たことはなかった。それほどに、霧に遭遇する機会は少ない。

王宮内や城下町には結界が張ってあるけれど、この裏の森はそうではなかった。

「クラウス」

森にシェイラの声が響く。少し離れた日が射す場所で日向ぼっこを楽しんでいたクラウスは、ゆっくりと顔を上げた。

『なーに？』

「霧が出て来ちゃって、魔法を使いたいの。力を貸してくれる？」

クラウスはシェイラが持つ魔法陣を一瞥してからぴょんと肩に飛び乗る。そして。

『ごめん。ちょっと今日は気分じゃないんだよね』

なんと、魔法陣を噛んではくれなかった。

「えっ？　ど、どうして」

『霧に呑まれた方がいいこともあると思う。僕は、特にシェイラの味方だけど、他の人の味方でもある』

「どういう意味？」

『僕は、転生者皆を見守ってるってこと。シェイラと契約を交わしてはいるけどね？』

精霊の話になると猫に戻るクラウスが、めずらしく会話に応じてくれている。今なら精霊のことも詳しく聞けそうだった。けれど、その間にも霧はどんどん濃くなっていく。今はゆっくりと前世の最期の話をしている場合ではないだろう。

「お願い。この場に留まりたいの」

『大丈夫、僕が一緒だから』

彼の口振りからすると、もしかしたらこの霧に呑まれて行きつく先はまたあの草原なのかもしれない。魔法陣を描けば元の場所に戻れるけれど、そうではなくもし予期しない場所に飛ばされてしまったら。

（……どうしよう）

そうするうちに、いつの間にかシェイラは完全に霧に吞まれてしまったようだ。さっきまでいた森の、爽やかな空気はもう感じられない。

幼き日のアレクシアやシェイラが行ったのと同じ草原に辿り着いたかと思ったものの、どうやらそうではないらしい。

ひざ下をくすぐる草の感触はなくて、むしろ慣れた感覚に近い。そして、不自然に甘い香りが漂っている。それから、ぽかぽかとした温かさ。そうまるで、王宮内の部屋のような。

（……え……？）

霧が晴れると、目の前の男はパンケーキをぽろり、とこぼした。

メープルシロップと濃厚なバターが混ざり合ったおいしそうな匂い。パンケーキは彼の目の前に三段重ねになっているけれど、その隣には焼き立てのものが更にたくさん積み重なっている。

（そういえば、前世のこの方は甘いものがお好きだったわ）

思考がついていかないシェイラは本当にどうでもいい情報を思い出した。

『わー！　僕の大好物だ』

「……アレクシア様。どうして、ここへ」

クラウスが歓声をあげるのとほぼ同時に、パンケーキを落としただけでは足りなかった様子のゼベダの王太子・アルバートはがたん、と立ち上がった。

お約束のようにナイフとフォークが床に落ち、椅子が倒れる。

軍人のように厳つい外見の彼と、パンケーキの甘い匂い、床に転がったナイフとフォーク、倒れた椅子。

アルバートにとって、シェイラはアレクシアである。何を交渉するにしても、まずはそれっぽく振る舞う必要があるだろう。

「私にも分からないわ。まずはそのパンケーキ、一つ分けてくださる？」

「も、もちろんです。アレクシア女王陛下」

シェイラの要求に、アルバートはなぜか跪く。シェイラの肩からテーブルの上にぴょんと飛び移り、新しいパンケーキをぱくりと咥えたクラウスの平坦な声がした。

『この王太子様、なんかおかしくない？』

目の前のふかふかのパンケーキに、さっくりとフォークを刺す。

焼いてあるものを分けてくれ、と伝えたはずなのに、アルバートはわざわざシェフを呼びシェイラに焼き立てのパンケーキを提供した。

フルーツとチョコレートソース、ホイップクリームもつけてくれて、完璧な至れり尽くせりである。

　クラウスも、くんくん、と幸せそうにバターの匂いを嗅いでいる。

「グレッグ殿下が朝からお部屋でケーキを召し上がるタイプだったとは思いませんでしたわ。甘いものがお好きなことは知っておりましたが」

　口に一切れ目を運びながら、シェイラは敢えて彼の前世の名を呼んだ。

「覚えていてくださったなんて光栄です。朝の時間は特に大切にしています。それだけで一日が充実しますから」

「……確かにそうですわね」

　朝から散歩に出かけなければこんなことにはならなかった、とシェイラは思ったが、こうなっては仕方がない。せっかく来たのだから、フェリクスとプリエゼーダ王国のためになることをしようと決意していた。

「話を戻しますが、アレクシア様はどうしてこちらに。魔法の類でしょうか。だとしたら、とても嬉し……」

「違いますわ。霧に巻き込まれました」

　シェイラは、ぴしゃりとアルバートの言葉を遮る。

　本来、魔法を使っては国境を越えられないし当然王宮内に入ることなどできない。だから、この前プリエゼーダ王国を訪問したアルバート一行は複数の地点を経由して入国した。前世、アレクシアが避難民を国境近くまでしか飛ばせなかったのもそれが大きな要因である。

時間をかけて複雑な魔法陣を描けば不可能ではないかもしれないが、そんな時間はなかった。

当然、アルバートは『高名な魔導士』アレクシアなら直接自分の部屋を狙って来ることが可能だと思っているのだろう。本来であれば侵略と捉えられても仕方がないことだったが、彼がそう受け取らなかったことは助かった。

（恐らく、前世での関係がなければ危なかったけれどね）

にもかかわらずここまで来てしまったのは、霧の特異性によるものだった。魔法の残骸でできているそれは、本当にどこに連れて行くか分からない。

「……霧ですか。まさか我が国の結界をかいくぐってくるとはな」

「まずないことですが、対策を講じるべきですわね。もしよろしければ、魔法陣をお描きしましょうか？　無料ではありませんけれど」

アルバートには微塵もダメージを受けた様子はない。シェイラはニコニコと笑いながら口にイチゴを放り込んだ。

「無料でない、ということは、見返りに何を？」

「来月の条約へのスムーズな調印のお約束と、それから私を安全にこの国から出してください。たったそれだけの簡単な見返りです」

「それは良いですね。では見返りの見返りに」

アルバートはナイフとフォークを置き、口元をナプキンで拭う。

「私はアレクシア様を望みましょう」

思った通りの答えが返ってきたことに、シェイラはあからさまにため息をつく。

「それは嫌です。グレッグ殿下の頃から数えて……一体何度振られたら諦めてくださるのですか」

「せっかく会えたのです。やはりこれは運命かもしれない」

「そんなわけがないでしょう。殿方は諦めが肝心ですわ」

そういえば、前世でも似たような会話をした記憶がある。プリエゼーダ王国の貴賓室で、彼をもてなした時に。

自分との婚約に頷かせたいグレッグを適当にあしらいながら、アレクシアは背後のクラウスの気配ばかり気にしていた。クラウスは無言を貫いていたのを覚えている。

（政治や外交に関しては有能な彼だけれど。どうしてこうなってしまうのかしら。この前の夜会の時だって、私に向かって跪こうとしたわ）

きっと、前世のグレッグが生涯独身だったことにも関わるのだろう。けれど、シェイラは自分にはどうすることもできないと答えを決めていた。

「私は、フェリクス国王陛下よりもアレクシア様のことをよく分かっています。何と言っても前世からの結びつきがあるのですから」

「私はシェイラ・スコット・キャンベルですわ」

「いいえ。外見は変わってしまわれましたが、相変わらずの美しさもその気高さも、アレクシア女王陛下そのままです」

「……」

昨夜から、誰も彼も何だというのか。カチン、と来たところで、足下でパンケーキをかじっていたクラウスがテーブルの上にぴょんと飛びのった。

「クラウス、だめよ」

「……！」

シェイラの声掛けに、アルバートは固まった。

「そのお名前は。大切な方のものですね」

「はい。この猫には前世の記憶を取り戻してすぐに会いました。それからずっと、彼の名を」

「……そうですか。やはり、あなたは前世への未練をお持ちのようだ」

そう口にしたアルバートは、ハッとしたように顔を上げる。

「寿命の問題は」

「解決いたしましたわ」

「！」

シェイラの返答に、アルバートは目を見開いた。その表情には、愛嬌のある丸顔の第二王子

の名残が見える。

「前世での私の心残りは、国を思ったものではありませんでした。……私はただの小娘です。あなたは美化された『アレクシア』を見ているだけに過ぎません」

「確かにおっしゃるとおりだ。どんなに『国のため』に生きたつもりでも、最後に思い出されるのは実らなかった恋だったりしますからね」

「……」

シェイラは何も答えない。

「私の心残りはあなたでした。あの時、救援が間に合えば。何度そう後悔したことか。精霊に祈ったのもそのことです。アレクシア様を助け、妻として迎えたかったと」

アルバートには申し訳ないが、微塵もその可能性がないことを伝えたくて、シェイラはあえて傷つけるような言い方を選ぶ。

「私も同じですわ。精霊に祈ったことまでは覚えていませんが……。ただ、好きな人に好きだと伝えたい、それだけでした」

「……それは」

アルバートの指先で、ナイフがするりと滑ったのが見える。そのまま皿の上に落ち、かしゃりと音を立てた。

「もしかしてフェリクス陛下は……あの男なのか」

アルバートとシェイラが出会ってからずっと丁寧だった言葉が初めて崩れた。けれど、シェイラは肯定しない。

「寿命に関する制約が解ける時には、胸の奥で音がしましたわ。……それで。この前の夜会でアルバート殿下が私を引き留めようとしたのは、そんなくだらないことが原因ではありませんよね？　一体何をお望みなのでしょうか？」

「……その質問にはお答えできませんし、申し訳ありませんがアレクシア様を国にお帰しするわけには行きません。朝食を終えたら、お部屋を用意します。しばらくはそこで」

「……」

シェイラは魔法が使えないということは言わない。使えたとしたら、あっさり霧に呑まれてここまで来てしまうはずがないからだ。

(彼は、何らかの事情で私が魔法を使えないと察しているはず。だから安心して軟禁できるのよ)

「では、国に知らせを。きっと、後宮の皆が心配しています」

「……後宮？」

アルバートの眉がぴくりと上がる。

「はい。私は今世、伯爵家に生まれ陛下の後宮に上がったのです。運命みたいだと思いませんか？」

シェイラは、さっきのアルバートの言葉を使って微笑む。けれど。

「やはり、そんなところにあなたは帰せない」

アルバートは酷く苦々しい表情をした。

(良い方だけど、頭が固いのよね)

シェイラはまた残りのパンケーキをさくさくと切っていく。目の前の男が本音を話しつつも、本当のことを言っていないのは明白だった。

交渉は、今のところうまくいかなそうである。

その日の午後。

フェリクスは執務が手につかないほどに焦っていた。

「シェイラ嬢が森から帰っていないというのは本当か」

「はい。後宮の女官長から報告が。今朝、散歩に出かけたまま戻っていないと」

「一人で出たのか」

「そのようです。……あ、猫も一緒と聞いていますが」

ケネスに詳細を聞いていると、執務室の扉が開いた。

「陛下、書簡が。……ゼベダの王太子殿下からです」

「下がれ。後で確認する」

「いえ……あの、それが」

口ごもった文官を一瞥すると、フェリクスは書簡を取り上げた。

「……これは」

その書簡には、シェイラが霧によってゼベダの王宮に入り込み、アルバートのもとで保護されているという内容が記されていた。併せて、シェイラがゼベダを気に入ったのでしばらく滞在させるとも書かれている。

「和平条約への交渉が進んではいますが、一応ゼベダとは休戦中という扱いです。招かれてもいないのに陛下が出て行くことは即ち開戦を意味します」

背後から内容を確認したらしいケネスの声色は、めずらしく平静を失っていた。それに、フェリクスは低い声で答える。

「……迎えに行くなら、一か月後の条約調印式まで待て、と？」

ケネスは返事をしない。フェリクスが口にしたのも自分に言い聞かせるためのようなものである。

それほどに、明白な事実だった。

ぴりぴりとした空気に遠慮しながら、書簡を持ってきた文官が問う。

「キャンベル伯爵家への報告はいかがいたしましょうか」

「すぐに呼べ。俺が直接話す」

「御意」

指示を終えたフェリクスは唇を噛んだ。

今朝の光景が蘇る。

目を覚ますと、ベッドの不自然なほどに端の場所に寝ていた。自分の身体にはブランケットがかけられていて、薬のせいで会話の途中に眠ってしまったことを思い出した。

すぐ隣のソファにはシェイラが身体を折るようにして眠っていて、フェリクスは慌ててベッドへと運ぶ。そして、すーすーと寝息を立てる彼女の顔を眺めた。

キスがしたかった。彼女の柔らかな唇に自分のそれを重ね、そして――。

だが、どうしてもそれは躊躇われた。シェイラはフェリクスを受け入れると言いつつも、後宮の自室への訪問は拒み続けている。こんな風に、人払いをしてこっそり話したい話題でもなければ、彼女を怖がらせずにここへ来ることは難しかったはずだ。

きっと、彼女なりの心の整理が必要なのだろう。けれど、自分はいつまでだって待てる。こんな無防備な寝顔を、前世でも幾度となく見てきたのだから。

そう思って、フェリクスはシェイラにブランケットをかけ、部屋を出たのだった。

(今朝までは、確かに俺の隣にいたはずなのに)

回想を終え、フェリクスが握りしめた拳は、白く震えていた。

「シェイラが隣国ゼベダへ、でしょうか？」

初めて会うシェイラの兄は、妹が姿を消したと聞いてすぐに王宮へとやってきた。

キャンベル伯爵家でのシェイラの立場を鑑み、父親ではなく一緒に商会を経営していた兄に知らせを出したのは正解だったようである。

「ああ。霧に巻き込まれたらしい。手は尽くす。このようなことになって、申し訳ない」

「……シェイラはクラウスと一緒でしょうか？　でしたら問題はないかと」

「？　どういうことだ？」

「あの猫と一緒ならシェイラには魔法が使えます。魔導士としての彼女がその気になれば、いつでも脱出できましょう」

「あの猫は……そういう名前を」

精霊に似た猫と一緒なら魔法が使えるという事実にも驚いたが、フェリクスにとっては名前があまりにも予想外だった。

「ご存じなかったですか」

「ああ」

「六歳の時です。ある日、シェイラは変わりました。もともと泣かない賢い妹でしたが……そのうちに、あの猫を連れて帰ってきて『クラウス』と呼びはじめたのです。大事な名前を付けていたようですね」

「……とても、いいことを聞いた」

「ですから、シェイラは大丈夫です。クラウスと一緒なら」

「感謝する」

焦りばかりが先行していたフェリクスは大きく息を吐いた。

(そういえば……あの猫の名前を聞いたことがなかったのはそういう理由か)

気の強い彼女が、自分の前で猫の名前を呼ばない理由は容易に想像がつく。

(こんな時、彼女は敢えて自信たっぷりに振る舞って、焦りを見せることは決してしないのだろうな)

シェイラはふかふかのソファに座っている。目の前にはここのところいつも運ばれてくるのと同じティーセット、スコーン、そしてアルバートの顔があった。

「アルバート殿下は次期国王なのでしょう？　もっとお仕事をしなくてよろしいのかしら？」

「大体のことは終わらせてからここに来ています」

「今のは嫌味でしたのよ。ここに来すぎだ、という意味の」

『この人はパンケーキを持ってきてくれるから僕は歓迎してるけど』

シェイラは余計なことを言う膝の上のクラウスを睨む。クラウスは『みゃーん』と鳴くと、パンケーキの皿の隣に飛んで行った。

それから顔を上げると見えるのは、邪気のないアルバートの幸せそうな笑み。正直、シェイラはそれを見飽きたところだった。

霧のせいでゼベダに来てしまってから二週間。状況はまったく変わらない。シェイラには二間続きの貴賓室とめちゃくちゃに大きなクローゼット、そしてプリエゼーダ王国の言葉を話せる侍女が与えられた。

そして、毎日のようにアルバートとのお茶の時間がセッティングされている。

けれど、彼は暗くなる前に帰って行くしその振る舞いは極めて紳士的なもの。『軟禁される』と一瞬は思ったけれど、シェイラは完全にただのお客様と化していた。

「アレクシア様には我が国のドレスが本当にお似合いです。そのように地味な色合いではなく、深紅や深い青などもっと華やかなものを準備しましょう。アレクシア様のイメージ通りのものを」

「ただ着替えとして借りているだけよ？　ここでは誰のためにも着飾る気はないわ。勘違いしないで」

「あなたらしくないな。アレクシア様はいつも華やかでいてくださらないと。あなたにぴったりのドレスと小物を選んで届けます。遠慮は無用です」

「……」

またである。

アルバートは、シェイラのことを完全に女王・アレクシアだと思い込んでいる。確かに中身はそうなのだけれど、自分はもうシェイラとして生きている。根本的な考え方は同じだが、前世での自分や好みを押し付けられても困るのだ。

「アレクシア様にプリエゼーダ王国のフェリクス陛下からお返事が来ています」

「読ませてくださる？」

シェイラは手を差し出したが、アルバートはぴらっと紙を高く持ち上げる。

「内容は、元気に過ごせ、と。それだけです」

「あら。それなら見せてくれてもいいじゃない」

「申し訳ありませんが、それは。暗号など書かれていたら困りますし」

「そんなまどろっこしいやり取りをするぐらいなら、とっくにここから出て行っているわ」

「でも、あなたには魔法が使えない」

「クラウスがいれば使えますわ」

森でクラウスが力を貸してくれなかったのは、何か理由があるようだった。その証拠に、ここに来てからシェイラは普通に魔法を使っている。

この部屋には、魔法陣を描くのに適した紙とペンが置かれていた。試されているのかとも思ったけれど、置かれているのだから使うしかない。

もちろん、使っているのは眠る時に部屋に障壁魔法を張るなど身を護るためのもので、逃走を思わせる魔法には手を出さないように気を付けている。

手紙も、本当はゼベダを通さなくても出せる。けれど、痕跡が見つかって面倒なことになるのは避けたい。シェイラはもうすぐ行われる条約への調印式のことだけを考えていた。

「こんなにまめにお返事を送るほどなのに、どうしてフェリクス陛下はあなたを後宮なんかに」

「ふふっ。何か誤解をされているようですが、陛下はそういうお方ではないですわ。貴族たちの不満を抑え雇用を創出するための後宮です」

「しかし、アレクシア様とは正式に婚約を交わされていないと」

「……少し誤解があるのですわ」

（フェリクスはゼベダとの平和が成り立つまでは私の心がそちらには向かないと誤解しているのよね。本当のところを話そうと思ったのに、私はこんなところに来てしまうし）

どんな質問にも淀みなく答えてきたシェイラの言葉が詰まったことに、アルバートは意外そうな表情を見せた。

「誤解とは……。やはり、フェリクス陛下はあなたに寂しい思いを」

「違いますわ」

否定する声が、少しだけうわずった。それを動揺と捉えたアルバートの顔色が変わる。

「もう一度、伺います。アレクシア様。私のもとに嫁いできてはくださいませんか」

さっきまでの軽い口調が嘘のように、真剣である。

「私は、前世よりあなたをお慕いしてまいりました。今はフェリクス陛下のことをお想いかもしれませんが、きっと幸せにする自信があります。メイリア王国の第二王子では分不相応だったでしょう。けれど、今はプリエゼーダ王国と肩を並べるゼベダの王太子です」

熱っぽく告げるアルバートに、シェイラは鋭い視線を向けた。

「私は、シェイラです。アレクシアではありません」

「これは、申し訳……」

「いいのです。……陛下も、シェイラ、とは呼んでくれませんし」

最後は少し小声になった。それに気付いたらしいアルバートは身を乗り出す。

「きっとフェリクス陛下にも複雑な想いがおありなのでしょう。前世の彼は、あなたに完璧な忠誠を誓った臣下だった。本当に大切なあなたのことを自分のものとして扱っていいのか、そんな葛藤があるのでは」

「……あなたは随分いい人ね。グレッグ殿下と同じだわ」

「はい、私の前世ですから」

振られたばかりのはずの彼は、にっこりと微笑む。まるで、この会話を予想していたかのように。つられて、シェイラも思いがけず心の内を明かしてしまった。

「正直、フェリクス陛下は私のことを随分と美化しておいでだと思うことがあるのですわ。前世での心残りも……ゼベダとの平和だと思われています」

「ああ。だから、フェリクス陛下は無理に迎えに来ようとなさらないのですね。無事に和平条約が結べるように」

「ええ。なぜ……その、心残りは些細な望みだったと言えなかったのかと。今とても後悔しています」

「あらゆる面で完璧に見えたあなたに、そんなにお可愛らしい面があったとはな」

アルバートがニコニコとこちらを見下ろしていることに気がついたシェイラは、赤くなった頬を隠すように両手をあて、強い口調で返す。

「……そ、それで。そろそろ話してくださいませんか。あなたが私に何をお話しになりたかったのか。ここに来て二週間、私の行動に怪しいところはないでしょう？　そろそろ信頼していただくのに足るのでは、と」

「……そうですね」

アルバートはティーカップに口をつけてから続ける。

「話したい……というか、相談です、これは」

「どんなご相談でしょうか」

「私の寿命に関することです」

その答えは、シェイラにとっては予想通りのものだった。

「失礼ですが……かつてメイリア王国の第二王子だったグレッグ殿下は平均的なご年齢まで生きられたと記憶しております」

「生まれ変わった後でわざわざお調べになってくださったのですね。感激しました」

「そ、そういうわけでは」

「私に、グレッグとしての記憶が戻ったのは今から十年ほど前……十二歳の頃でした。その頃の『アルバート』は既に第一王子として頭角を現し、国王の座に就くことが決まっていた」

「アルバート殿下が優秀なのは、グレッグ殿下としての知識や記憶を使ったからではないのですね」

「どうやら小さな頃から随分な期待を背負っていたようです。だからこそ、転生者だと知られた時の周囲の動揺は相当なものでした」

ずっとにこやかだったアルバートの表情が少しだけ曇った。

「寿命を心配してですわよね？　けれど、前世が誰なのか知られれば問題ないのでは……」

そこまで言いかけてシェイラは口を噤む。

（ううん、そんなことできっこないわ。だって彼は他国の第二王子の生まれ変わりなのだもの。かつての祖国と通じることを心配されるだけで済めばいいけれど、メイリア王国はゼベダから

見れば完全な格下。彼を大国の王として相応しくないとする者が出てくるのは当然のこと）

「私の前世は明かすことができません。それを知るのは、ごくわずかな者だけです。けれど、残念なことに精霊との契約が解けていないことを判定する道具だけはありましてね」

「！」

「だからこそ、私はあなたと添い遂げなければいけないのです」

彼の表情はすっかりにこやかなものに戻っていたけれど、告げられた言葉との違和感にシェイラの心は冷たくなっていく。

――この人はどんなに理解を示してくれているように見えても、結局はアレクシアを娶ることしか考えていない。

堂々巡りの会話に、眩暈がした。


その日の夜、シェイラはクラウスと二人きりの夕食をとっていた。今夜のメインディッシュは子羊のグリルに野菜のソテーを添えたもの。ちなみに、これは前世でのアレクシアの好物である。

（アルバート殿下は本当にどうでもいい情報を覚えておいでだわ……）

キャンベル伯爵領は海に近く、いつの間にかシェイラの好きな食べ物は魚になっていた。付け合わせの野菜にざくっとフォークを突き刺す。

「ねえ。アルバート殿下と精霊の契約を解くことってできないの？」

『できなくはないよ』

「！　どうやって？」

『解呪魔法の魔法陣があれば解けるよ。でも、あれを書くのはシェイラでも難しそうだね』

今クラウスが示したのは『転生者の寿命に関する制約は魔法で解ける』という事実である。

それが難しいという以前に、前世での心残りが解消できなければ転生者の寿命には制約があると思い込んでいたシェイラは驚いた。

「でも、魔法陣があれば解けるのね。それならアルバート殿下の寿命問題は解消する」

『うん。あと、その魔法を発動させるには精霊の魔力が必要になる』

「……じゃあ、無理じゃない」

フォークを置いて息を吐いたシェイラを前に、クラウスは前足を舐めている。

『僕が貸すから大丈夫』

「！　あなた、やっぱり精霊だったの！」

これまでこの話題になると、クラウスはいつもただの猫に戻ってしまう。あっさりと種明かしをしてくれたことにシェイラは目を瞬いた。

『うん。そろそろ言ってもいいかなと思って。僕の仕事も佳境に入ってきたし』

「仕事が佳境、ってどういうこと？」

『僕みたいな精霊はたくさんいるんだ。そして目の前の消えそうな魂を転生させるかは個人の裁量に任される。だから、判断を間違ってしまうことがある』

「……私たち四人の転生は間違いだった、そう言いたいの？」

『そうじゃないよ、その前。百年前のある転生者が起こしたクーデターに関わってる。精霊の過ちで転生した魂のせいで、後悔を抱えて死んだ魂を助けたかったんだ』

（……！）

その『ある転生者』にシェイラは心当たりがあった。

「それは……マージョリーを脅してアレクシアの城を落とすことを主導した者の話ね？」

『うん。傍から見ていてちょっとひどいなって思ったから。助けたいなって』

そう言いながら、前足でソーセージを転がし口に運ぶクラウスをシェイラはじっと見つめる。

「私が六歳の時に霧に呑まれたのは」

『僕が呼んだ』

「後宮で魔法陣ケースがなくなったのは」

『フェリクスがよく出没する場所に僕が散らかしといた』

「夜会でアルバート殿下にお会いしたのは」

『そこは仕組んでないけど、僕とシェイラが一緒にいるのを見せることで疑念を確信にしてもらおうと思って』

「クラウス！」

『みゃあ!?』

もぐもぐとソーセージを食べるクラウスをシェイラは抱き上げる。

「大好きよ。私、ただ転生しただけだったら本当に無気力に生きて二十一歳で死んでいたと思う。メアリ様に謝罪をもらうこともフェリクスに会うこともできなかった！」

『言っとくけど、僕はちょっとしたヒントを出しただけだからね。こういう風に繋いできたのはシェイラたち転生者のほうだから』

クラウスはシェイラの頬を舐めた後、照れくさそうにパンケーキとソーセージがのった皿へと戻る。

『それよりも、アルバートは精霊との契約を解除したぐらいではアレクシアを諦めないように見えることのほうが問題だと思うけど。あれ、相当拗らせてるよ』

「そうなのよね。面倒だわ」

彼の気持ちは分からなくもないが、少なくともここにいるのはシェイラである。絶対にありえないが、もし仮にシェイラがアルバートのもとに嫁ぐと言ったとしても、彼の求めるアレクシアはもうどこにもいないのだ。

『シェイラはフェリクスとの関係に悶々としていたみたいだけど』

「そんな」

見抜かれていたことに赤面する。

『僕から見ると、フェリクスは初めからずっとシェイラにはシェイラとして接してるよ？』

クラウスの言葉は、シェイラも薄々感じ始めていたものだった。

(彼は私を王女と呼ぶけれど……。それ以外に関してはアレクシアを引きずっているとは思えないのよね。ここに来て初めて実感したわ)

「私は前世で女友達が多いタイプではなかったのよね。地位もあったけれど……刺繍やお菓子の話よりも政治や魔法の話が好きだった。だからクラウスも、私に面倒な誘いが来ないよう計らってくれた。でも、この前は後宮の皆とのお茶会のことを話したら、よかったって言ってくれた」

『うんうん』

「キャンベル商会のこともそう。ジョージお兄様が後宮に出入りすることを許してくれた。アレクシアのことを高潔な存在としながら、利益を追求する商売に夢中になった私にどんな苦言も呈したことがないわ」

『不思議だよね。でも答えは簡単だよ。それは、シェイラのことを受け入れているからでしょ？』

「やっぱりそう思う……？　私、フェリクスに随分ひどい態度をとってしまった気がする。気持ちを示してくれたのに、何も返せなかったわ」

クラウスの精霊っぽいアドバイスに、顔を赤くしたシェイラは瞳を潤ませたのだった。

プリエゼーダ王国の後宮からシェイラが消えたからといって、和平条約への調印式は早まることも延期される様子もなかった。

（フェリクスは心を乱されることなく国王としての責任を果たしているわ。これでいい）

シェイラがゼベダに来てしまってから一月以上が経過していた。

昼過ぎの午後。シェイラは向こう側に丸顔の第二王子が透けて見えるアルバートのお茶に付き合いながら、思慮を巡らせる。

「で、明日はプリエゼーダ王国から使節団が到着するのよね？　調印式はいつ行われるのかしら？」

「ゼベダの国王には、正式な交渉の場に着く前にフェリクス陛下と話す時間が欲しいと伝えてあります。調印式が行われるか行われないかは、その会談の結果によって変わります」

アルバートはフェリクスの口からシェイラを手放すという言葉を引き出したいのだろう。その意図が見え見えで、シェイラは顔を顰めた。

「本当に諦めが悪い人ね？　私はアレクシアじゃないと言っているでしょう？」

「魂はアレクシア様です。私が愛したお方だ」

「愛した、って……」

シェイラは呆気にとられてため息をつく。

（フェリクスだったら、絶対にこんなことは言わないわ）

ちなみにシェイラはアルバートに厳しい言葉を向けてはいるものの、二人の関係は悪くはなかった。この会話は毎回の挨拶のようなものだ。

「もういいですわ。それよりも、前世で最期に精霊と契約を交わした時のことをお話しいただけますか」

「アレクシア様から話題を振っていただけるなんてうれしいですね。どんなことでもお話ししますよ」

「では、精霊に話したことを」

今日、シェイラがアルバートにこの話を投げかけたのは、精霊との契約を解除する魔法陣を描くためだった。実はこの数週間の間、シェイラは魔法陣の準備に入っていた。

和平条約の調印はきっとフェリクスがあっさりやってのけるだろう。これは、その後自分を手放してもらうための保険である。

「そうですね。気が付いたら、目の前にこの猫――クラウスが居たのです。そして、頭の中に声が響いた。不思議と、その声はこの猫のものではないと確信していました」

（私は……それを知らないわ）

そう思いつつも、シェイラは黙って話を聞く。正確な魔法陣を描くためには、どんなに些細な情報さえ聞き逃してはならない。

「声の主……恐らく精霊、は私に心残りを聞いてきました。私は、あなたのことが思い浮かんだ。すると、何も言わないうちに心臓のあたりにカチッと音が。そして、頭の中に声が響いたのです。『代償として、新しい人生での苦労を』と」

「新しい人生での苦労、って……」

「恐らく、メイリア王国の第二王子としての前世を持ちながら、ゼベダの王太子として生まれ変わることでしょう。確かに大変ですね、これは」

アルバートは表情を崩さないが、その口振りからは相当な苦労があったことが窺えた。

（アルバート殿下はゼベダの王位継承者として生まれ変わることが代償だった。私は覚えていないけれど、きっと魔力を持たずに生まれたことが代償なのだわ）

それと同時に、疑問が湧きあがってくる。前世の最期のあの時、もし自分の身にも同じことが起こっていたとして。自分は自分の転生を望んだのだろうか、と。

精霊に心残りを聞かれた瞬間に、全く違う言葉が思い浮かぶような気がした。

（私はきっと——）

翌日。プリエゼーダ王国から到着した使節団の先頭にフェリクスを見つけたシェイラは彼に駆け寄りたかった。その心を見透かすように、アルバートがシェイラの肩に手を回し側近に告げる。

「……アレクシア様を例の部屋に」

「どういうこと？」

「これから私はフェリクス陛下と内密の会談を行います。今から案内する部屋で見ていてください。フェリクス陛下だって私と同じです。きっと、前世で愛した人を手に入れたいはずだ。どちらと添い遂げるかは、それを見てから決めても遅くはないはずです」

「……！」

そんなはずがないのはもう分かっていた。けれど条約の調印はこの後に行われる。フェリクスの邪魔をしたくないシェイラは口を噤む。

『大丈夫だよ、シェイラ。この人はいい人だから。部屋に変な仕掛けとかできるタイプじゃない』

「それは分かっているわ」

クラウスと小声で話しながら案内された先は、分厚いカーテンで仕切られた小部屋だった。

カーテンの隙間から覗くのは、国旗が飾られた応接室。

（きっとこれからフェリクスがここに来るんだわ）

本当なら、彼が入ってきたらすぐに出て行きたい。彼の手を取って抱きしめてもらって、安心したかった。

けれど、アルバートは王太子とはいえ事前の交渉を一人で任されるほどの存在だ。彼が条約への調印に否定的になれば、ゼベダの国王も考え直すことになるだろう。

(条約が締結されるまで私は大人しくしていないと)

小部屋に準備されたソファに座り、シェイラはその時を待つ。

「!」

しばらくしてフェリクスとアルバートが二人きりで入ってきた。ケネスもアルバートの側近もいない。

カーテンの隙間から見えるフェリクスは、最後に会った夜に比べて少し顔色が悪かった。それが心配で膝の上の拳を握りしめると、クラウスが軽く頰ずりをして落ち着かせてくれる。

「今朝は転移魔法を使い、何か所の経由を?」

「今日は四か所です」

「ああ、前回の私もそうでした。しかし今日からは友好国になる予定です。国境間と王都入り口の、二か所だけにできましょう」

「友好国になれれば、の話だがな」

当たり障りのない会話をしていることに安堵したのは束の間。低く響いたフェリクスの声に、緊張が走る。

「おっしゃる意味が分かりませんね。もしかして、あなたが後宮に置かれている寵姫のことでいらっしゃいますか」

「違う。婚約者だ」

「アレクシア様はそのようにお思いではない様子でしたが」

「もしそうだとしても、私と彼女の問題だ。アルバート殿下には全く関係がないことだろう」

「この一か月の間に、私はアレクシア様に結婚を申し込みました」

「そんなところだろうと思った」

「フェリクス陛下とシェイラ様は正式な婚約を交わされていないようですね。でしたら、私にもチャンスがあるのではと」

「いや。今世でも口約束はしているし、一番初めの約束は百二十年前だ」

（！）

固唾をのんで二人の一歩も退かないやりとりを見守っていたシェイラは固まった。そんな約束、心当たりがない。肩の上のクラウスも大きな金色の目を瞬かせている。

『……そうなの？』

（いいえ、そんなはずは）

驚いて声が出そうになったシェイラは口を押さえたまま首を横に振る。一体どういうことなのか。全く記憶にない。

「クラウス・ダーヴィト・ワーグナーが王女アレクシアの従騎士に任命されたのは十四歳の時だった。本音を明かすと、私はそれを拒絶したかった。しかし、王女は私に言った。一生、ずっと隣にいるように、と。そして、私だけに特別な呼び方も許された」

（百二十年前って、あのわがままのこと……！　でも、我ながら酷いわ。絶対に相手が断れない立場でそんなことを言うなんて）

偶然にも一か月前、霧に呑まれた日。シェイラは王城裏の森でその日のことを思い出していた。あの時、なぜかその後の彼の表情が見られなかったのは、それだけの空気があったということなのだろう。

その頃のアレクシアは、自分がクラウスに抱いている独占欲が恋だとはまだ気がついていなかった。それを知るのは数年後、彼に家柄の良い令嬢方との縁談が持ち込まれるようになってからである。

アレクシアは自分の恋心には気が付かず、ずっと隣にいてほしいというひどいわがままを言った。その言葉通り、クラウスはずっと側にいてくれた。侯爵家の嫡男として求められたであろう家と自身の名誉には目もくれずにである。

当然、アレクシアが自分が彼に持つ感情は特別なものだと気が付いてからも、クラウスはずっと適切な距離を保ってくれていた。あとは、知る通りだった。

（それなのに。転生した後、彼はその時のことをこの上ない幸福感を持ったと私に話してくれた。あの時間をやり直したい……全部、彼の中ではその約束の上にあったのだとしたら。もっともっと、見返りをあげたかった）

「それはただの戯れでしょう」

食い下がるアルバートに、フェリクスはぴしゃりと言い放つ。

「だとしたら、あなたが見ている彼女も幻想だろう。さっきこの国に到着した時、彼女の姿を見たが、服装や髪飾りまでアレクシアそのものだった」

「それは……」

アルバートにも思い当たるところがあったのだろう。二人の間には静寂が流れた。息をするのも気を遣うような重苦しい静けさが。少しして、気を取り直したらしいアルバートが口を開く。

「とにかく、アレクシア様はお渡ししません。フェリクス陛下も時間をかけて交渉の席を整えた意味をお考えになってはいかがですか」

（こんなに答えは明白なのに……アルバート殿下は随分頑なだわ。もしかして、アレクシアへの恋慕の情の他に、何かあるのではないかしら）

シェイラが首を傾げたその瞬間。

「誰にものを言っている？」

聞こえたのは、シェイラも聞いたことがないほど低く響く、凄みのある声。

きっとこれは国王としてのフェリクスなのだろう。あまりに急な変わりように、アルバートも言葉を失っている。

「アルバート殿下。あなたは、交渉の主導権がどちらにあるのか勘違いされているようだな？」

「そのようなことは……」

「確かにゼベダは大国だ。肥沃な大地に広大な領土。我が国がわざわざ出向いて交渉をまとめるだけの相手だ」

「でしたら」

「数年に亘って進めてきた交渉の調印をこの数か月で急に早めたのにはそれだけの理由がある。この和平は我が国の悲願であり絶対に失敗できない。一国の王太子の権限など超越できるほどに、根回しが済んでいるとはお思いにはならないか」

「それは」

青い顔をしたアルバートを前に、フェリクスは冷淡に続けた。

「今日締結する条約の内容には、我が国から貴国への資源の供給に関する項目が盛り込まれている。ゼベダが長年欲しがっていたものだ。友好国となるのだからこの項目に関しては譲って

やった。……しかし、友好国から迷いこんだ民を軟禁して帰さない。これは、拉致ではなくて何だ？」

フェリクスはアルバートの意思に関係なく条約が締結されることを前提として、ゼベダ側が苦心して盛り込んだ項目の削除をちらつかせている。

それは一歩も譲らない、国王の姿だった。

（私は和平条約が無事に調印されることを願って、アルバート殿下との関係を良好に保つためゼベダに留まっていた。けれど、そんな必要すらなかったのかもしれない）

シェイラはドレスの胸元にしのばせていた紙を取り出すと、立ち上がりカーテンに手をかけた。

「アルバート殿下。何度も申し上げましたが、私はアレクシアではなくシェイラです」

「王女！」

カーテンの向こうから急に現れたシェイラに驚いた様子のフェリクスを、キッと睨む。

「陛下も。私はシェイラだわ」

「……悪い」

フェリクスは、さっきまでの声色が嘘のように放心した顔をしている。一月ぶりに会う彼に、謝罪や恋しさ、伝えたいことはたくさんある。

けれど、その前にシェイラはアルバートに分かってもらわなくてはいけなかった。

「私の心は、フェリクス陛下ただお一人だけのものです。アルバート殿下、前世での未練をお持ちでしたら諦めてください」

きっぱりと言い放ったシェイラの向かいには、憮然としたアルバートの顔がある。

「……お互いにそこまで想い合っているのに……どうして、あのような最期を」

「それは今さら言っても仕方がないことです。私は城にいた人達を無事逃せただけで十分に思っています」

「いいえ、前世でも今世でも何度も思いました。どうして、アレクシア様の従騎士は彼女をお守りできなかったのかと。もし自分が側にいたら、絶対にあんな結末にはさせなかった」

アルバートは肩を震わせ、拳を握りしめている。瞳に浮かぶのは、悲しさと強い憤り。自分でも覚えのある感情に何と答えたらいいのか分からないシェイラの代わりに、フェリクスが毅然と言い放つ。

「今世では、絶対に俺がこの手で守る。和平交渉をまとめ、こうして条約に調印するのもその一つだ。王女だけでなく、国民の誰一人として危険に晒さず不幸にしたくない。俺はこの十八年間をずっとそう思って生きてきた」

「……」

アルバートが息を呑む気配がして、十数秒の間の後。彼は、シェイラに向かって躊躇いがちに謝罪の言葉を口にした。

「アレクシア様……ではなく、シェイラ様。この度はとんだご無礼をいたしました」

けれど、この一か月間、彼を見てきたシェイラにはどうしても違和感があった。

「アルバート殿下。あなたの望みは本当に『女王・アレクシア』なのでしょうか」

「今さら何を仰るのです。私の気持ちは十分にお分かりでしょう」

「そこまで切望していた相手に指一本触れず紳士的に振る舞われるのは些か不思議ですわ。本当の望みは、アレクシアではなく寿命に関する精霊との契約を解くことの方だったのでは？

……あなた自身も気が付いていないようですが」

「……それは」

淀みなく続いてきた会話が一瞬詰まった。核心をついていたらしい。

「それは、俺も生まれ変わってからずっと考えてきたことだ」

口を挟んだフェリクスに、アルバートが意外そうな表情を見せる。

「フェリクス陛下も前世に囚われておいでだったと？」

「ああ。立場はアルバート殿下と同じだった。彼女に会うまで、俺は王位継承権を持ってはいけない者だと自認していた。若くして死ぬことが分かっているのに、無責任ではないか、と」

それはシェイラも初めて聞く話で。けれど、アルバートは強く共感したようだった。

「私は前世、メイリア王国の第二王子だった自分に劣等感を。私の中に残る精霊との契約は、ふとした瞬間に心の枷となります。それを断ち切りたいと考えていたところで、アレクシア様の生まれ変わりでいらっしゃるシェイラ様に会いました」

「だから、こんなに私へ執着したのね」

「執着では……」

「だって、本当に私への恋心だけで動いていたら、いきなりゼベダに軟禁なんてしないはずだわ。それよりもきちんと関係を築こうとするのではないかしら？　何とか寿命に関する制約を解きたかったからこそ、このような行動に出たのではなくて？」

アルバートは目を見開いたまま黙ってしまった。思い当たることがあったらしい。そして、酷くショックを受けた様子で呟く。

「私は……無意識のうちに、アレクシア様にそんな卑怯な真似をしていたのか」

「大切すぎるものの前で本質が見えなくなるのはよくあることだわ。そんなところがあなたらしいと思うけれど」

そしてシェイラは一枚の紙を手渡した。アルバートに敬意を示し、この一か月彼と過ごした時のような少し高圧的な仕草で。

それは、この数週間で描き上げた精霊との契約を解く魔法陣だった。

「こ……これはどんな魔法を発動させるものでしょうか」

「あなたの精霊との契約を解くものです。この猫を肩にのせて噛んでもらえば寿命に関する制約は解けるわ。ゼベダでも、あなたに不安を持つ人はいなくなるはずよ」

「なんと……さすがアレクシア様だ」

クラウスはぴょん、とシェイラの肩からアルバートの肩へ乗り移ると、身を乗り出して魔法陣を噛んだ。これから、最高難度の魔法陣を発動させるとは思えない気軽さである。紙はキラキラと光る砂の粒になり彼を包んでいく。そして。

「……っつ」

驚いたような、アルバートの声が部屋に響いた。

「……今。解けたようです。まさか、こんなにあっさりとは」

『うん。気配的にも大丈夫だね』

「よかった」

クラウスと笑いあうシェイラの腰に、手が回される。驚いて振り返ると、そこには国王の顔に戻ったフェリクスがいた。

「婚約者を返してもらおう。彼女は、我が国の正妃になる予定だ」

「……承知いたしました。ただ、寿命に関する制約がなくても私のアレクシア様への想いは本物だったと覚えておいていただけますか」

「ええ、確かに」

シェイラがゆっくりと頷くと、フェリクスの手に力が入る感じがした。

「午後の調印式には彼女を同行させる。支度用の部屋を準備して欲しい」

「わ、私も？」

「君にとっても悲願だったんだろう？　俺も、この地位に立って分かった。民の幸せを守ることの大切さが」

それは、アレクシアが背負ってきたものや願いを理解し寄り添ってくれたクラウスだからこその言葉で。自分はもうアレクシアではないと繰り返しているくせに、シェイラには喜びがこみ上げていた。

そこにアルバートから爆弾発言が降ってくる。

「ところで私の契約はたった今解けたのですが、彼女が教えてくださった通りでした。胸の奥でカチッ、と音がすると」

「……！」

（どうして今それを……！）

「それはどういうことだ？　彼女の寿命はまだ二十一歳で止まったままのはずだが」

あまりの展開にシェイラは顔を赤くして目を逸らし、それをフェリクスが背後から覗き込む。フェリクスの声は落ち着いているけれど、さっきまでよりも早口になっていて、明らかに動揺が感じられた。

二人を見たアルバートは軽く微笑むと、恭しく頭を下げる。

「あとはお二人で。少し誤解があるようですから」

アルバートが出て行き、二人きりになった応接室でシェイラはフェリクスに抱きしめられる。

「聞いてないんだが？」

「……元気だったかとか、待たせてごめんとか、ほかに言うことはないの。一か月ぶりよ？」

「すまない。まさか寿命が動き出しているとは思わなかったんだ。驚きの方が大きかった。気遣いの言葉が遅れたな。……大丈夫だったか？ 心配した」

まるで取ってつけたような言葉に、シェイラは笑う。

「一応は寿命問題が解決していると伝えるつもりだったの。あの、私の部屋を訪ねてくれた夜に」

「どういうことかは何となく分かった。でも、一度君の口から聞いておきたい」

「それは無理。だって、心の準備が！」

フェリクスの胸から顔を上げると、碧と金のオッドアイが待っていた。

「……俺は、君のことが好きだ。百年以上前からずっと、君のことだけを想い続けてきた。こうして、想いを口にできることすら幸せすぎて、現実だと信じられないほどに」

「私も……だけれど」

なかなか素直に言葉にできず重要なところを濁すシェイラに、フェリクスは面白くなさそうである。

「それなのに、前世の心残りを言葉にして聞かせてくれないのか？　相変わらずの意地っ張りだな」

フェリクスの口調はふざけているものの、表情は真剣だ。

「だって」

「王女は、俺に求婚したことを理解していなかっただろう？　酷いと思わないか。その時の気持ちをあらゆる意味で分かるか。まだ十四歳だったんだぞ、俺は」

「……っ！」

あまりにも逃げ場のない正論である。けれど、久しぶりに覗くフェリクスの瞳は優しさに溢れている。少し疲れたように見える顔と相まって、少しでも報いたいと思った。

「私の心残りは、」

「心残りは？」

はっきり言うと決めたものの、いちいちフェリクスが繰り返すので、シェイラの頬はますます熱を持っていく。

（恥ずかしい。けれど、今でないともう一生言えない気がする）

タイミングを逃すと想いを伝える言葉をすんなり口にするのが難しいことを、シェイラはこの数か月でよく知っていた。覚悟を決めて顔を上げ、震える声で告げる。

「私はただ、あなたとキスがしたかったの」

シェイラの言葉に、フェリクスの金色と紺碧の瞳が揺れる。そして、こつんと額同士がぶつかった。

「……想像以上だった、これは」

エピローグ　希望の朝

プリエゼーダ王国の王都にある城。

その王宮の裏手には、昔から変わらずに深い森が広がる。季節は冬。森の樹々は雪をかぶり、明け方のこの時間は特に幻想的な光景を生み出している。

二人と一匹は城壁の上に腰掛け、彼らが知るよりもずっと広くなってしまった堀側に足を投げ出していた。

「不思議なの。私だけ、前世の最期に精霊に会ったことを覚えていないなんて」

「確かにそうだが……そういうこともあるんじゃないか？　『記憶を持たない転生者』と同じで。それに俺も記憶と違うからな。精霊とのやり取りと現実が」

シェイラの言葉に、フェリクスは首を捻った。

『みゃーん』

知っているはずのクラウスまでとぼけるので、シェイラは頬を膨らませる。

「どこが現実と違うの？　詳しく聞いたら私も思い出すかもしれないわ」

「聞くか、それを」

「ええ」

何となくフェリクスは気まずそうだけれど、シェイラは気にせずに追及する。

「まず、俺は心残りを聞かれた時に、それよりもとにかく王女に生きてほしいと思った。理由は、君がいない世界に転生しても意味がないと思ったからだ。代償として、片方の目の色が前世とは違うものになったようだな。おかげで、子どもの頃は忌避される存在として苦労した」

「それって……」

「つまり、望みは『生きてまた君に会いたい』。ただし転生するのは王女、という条件だったということだ。精霊が承諾したと感じた時、君に負担をかけずうまくやれたと思ったんだ。しかし喜びは束の間で、転生したのは自分自身だった。だからずっと悪夢を見ていた」

それはシェイラがずっと抱えてきた仮説とほぼ同じだった。高まっていく鼓動を堪えながら、シェイラも言う。

「あのね。実は……私も、同じことを思っていたの。最期に精霊とやりとりしていた記憶はないのだけれど。もしあの場面で同じことを聞かれたら。きっと私は、自分の転生ではなくあなたの生を願ったのではないかと」

あの夜。森を走りながら、アレクシアはクラウスを逃がすことだけを考えていた。推測にしか過ぎないけれど、ほぼ当たっている気がする。

答えが知りたくて猫のクラウスを揺すってみたけれど、『あとはお二人で』と繰り返すだけだ。

「あの時はな。命令を下すタイミングを与えないように苦労したな」

「ふふっ。結局二人とも死んでしまったけれどね」

「……だな」

前世での、最後の悲しい記憶を塗り替えるように二人は笑い合う。


ゼベダから帰った後、まずフェリクスとシェイラの婚約が正式に決まった。

それから、後宮が廃止されることになった。メアリはシェイラの侍女として働くことが決まり、サラは実家の人脈を生かして商会を開くことにしたらしい。ティルダには同世代の貴族令息に気になる人ができたようで、憧れの恋の気配に大層浮かれていた。

あともう少しの間だけ後宮での楽しい生活は続くけれど、別れの日は刻一刻と近づいている。

——そして。

「私、フェリクスはアレクシアのことしか見ていない気がしていたの」

「心外だな」

シェイラの言葉にフェリクスは苦笑を浮かべ、シェイラの肩に自分の上着をかけた。ふわりと香る、好きな人の匂い。しかしシェイラはそれに騙される気はない。

「もちろんそうじゃないって今は分かったわ。それに、前世の私のことが好きなら別にいいの。でも、今の私のことももっと知ってほしい」

「それは同感だ」

「そういえば、あなたが国王として立つ姿をゼベダとの交渉で初めて見たかも」

「だろう？　あれが今の俺だ。ちなみにお手本は今隣にいるな」

「もう、ふざけないで？」

こうしていると、昔のようで頬が緩む。フェリクスを軽く小突こうと振り上げた片手は彼の手のひらに搦めとられて、そこにすっぽりと収まった。

「ふざけてなどいない。俺は、王女……あ」

早速、うっかり『王女』と呼んでしまって青くなる彼を、シェイラは笑いを堪えながら睨んだ。

「それにしても。一体いつになったら私のことを名前で呼んでくれるの？」

「……済まない。だが、これは『アレクシア』が言ったんだぞ？」

「え？」

全く記憶にない返答に、シェイラは目を瞬かせた。王女と呼べ、なんてそんなめちゃくちゃな命令をしたことがあったのだろうか。もしそうだとしたら、この数か月間のもやもやはフェリクスではなく完全に自分が原因である。

ぽかんとしていると、フェリクスが自分の頭をぐしゃっと掻いたのが見えた。それは、側近でありながら従騎士として冷静だった彼がたまに見せる、困った時の懐かしい仕草だった。

「十四歳の時、あの森で俺は自分の人生をすべて君に捧げることにした。もし婚姻が叶わなくてもいい、『一生ずっと側にいろ』という君の言葉と、想いが通じ合った記憶さえあれば幸せだと思った」

「それは……」

前世で、跪く彼に自分から将来を約束する言葉を言った時の記憶が思い起こされて、シェイラは赤くなる。けれど、フェリクスの本題は別のところにあるようで話はまだ続いていた。

「あの時、さらに君は言ったんだ。『自分のことはずっと王女、と呼んでほしい』と」

「え？　私、本当にそんなことを？」

残念だが、シェイラには全くそんな覚えがない。フェリクスも察したようで、不満そうな視線を送ってくる。

「自分はこれから女王になる。けれど、人の上に立たず一人の少女だった頃のことを忘れたくない、と。だから、俺にとっては自分だけに与えてもらった特別な呼び名だった」

「つまり、フェリクスが私を王女と呼んでいたのは、前世での命令に従っていただけ……？」

どうやら、彼がシェイラを『アレクシア』として見ているというのは完全な勘違いだったようである。

「忘れていたのか。随分ひどいんじゃないか？」

城壁の上で胡坐をかき隣に座った彼が、頬杖でこちらを覗き込んでいる。シェイラの片方の手は、さっき彼に搦めとられたままだ。

「……ごめんなさい。自分でお願いしておいて、王女と呼ばれることを怒るなんて」

「俺の方こそ、誤解していた。『アレクシア』としての立場や想いを手放したくないのかと。これからは遠慮しないことにする」

少し俯いたシェイラとは対照的に、余裕があるフェリクスの声色はいつもと少し違う。強引に手を引かれ、抱き寄せられてシェイラはこれから何が自分の身に起きるのかを察した。けれど、まだ心の準備ができていない。

「ま、待って」

彼の繋いでいない方の手のひらで頰を包まれると、お互いの息がかかりそうなほどに距離が近くなる。視線を上げると反応を楽しむようなフェリクスの顔があって、シェイラは息を呑んだ。

「もう待った」

すぐに二人の唇は重なる。少し荒っぽく手を引いたくせに、優しく触れてくるフェリクスが愛おしい。初めて交わしたキスよりも少し長い、十数秒。百年と少し前と同じ、ほろ苦い香水の香りに包まれたけれど、このどうしようもない幸福感の隣に絶望はもうない。

差し込んだ朝日の眩しさに瞼を開け、二人で見つめ合って微笑んでから、シェイラはフェリクスの肩に自分の頭を預けた。

「……朝日だな」

「ええ」

シェイラは、城壁に薄く積もった雪を指でかき集めて続けた。

「でもね。やっぱり、王女、はたまにならと呼んでくれてもいいわ。私、好きなの。あなたが呼んでくれるその響きが」

今夜は精霊祭である。一年中樹々が生い茂る不思議な森からの、冷たくも爽やかな風が吹き抜けていく。

百十三年前に来なかった希望の朝を、二人は今やっと迎えようとしていた。

あとがき

こんにちは、一分咲と申します。

この度は『100年後に転生した私、前世の従騎士に求婚されました　陛下は私が元・王女だとお気づきでないようです』をお手に取ってくださりありがとうございます！

本作は前世もの、かつ、作中で王女と従騎士の立場が逆転するという、作者的にこの上なく惹かれるテーマでのお話でした！

いつか書きたいなと思ってずっと温めていたのですが、好きな設定だけになかなか書き出しやプロットがしっくりこなくて、気が付いたらお蔵入り寸前に……。

それならもう直接投稿してしまえ！　もう知らない！　と、勢いをつけて書き始めたのが昨年の十二月のこと。そして今、こうして書籍にしていただけたのが本当に夢のようです。

ここに至るまでに応援してくださった皆様、本当にありがとうございます。

このお話で私が好きなところは、ヒーローにごくたまに垣間見える若干の不憫さです。有能で容姿端麗にもかかわらず、大事なところを誤解していたり誤解されていたり。

シェイラのことを深く愛しつつも一線を引いて紳士的に振る舞う彼には、前世で王女をずっと支えてきた従騎士の名残が見えて、何だか切ないなと思いながら書いていました。

それとは別に、特に書くのが楽しみだったのが後宮メンバーでのお茶会のシーンです。

特に、ゴージャス美女なのに少し初心なティルダと清楚系毒舌キャラのサラのやりとりは、書いていて本当に楽しかった！　何度『あああ……私もここに交ざりたい！　そしてお茶菓子を一緒にいただきたい！』と思ったことか。

彼女たちのその後についてはエピローグで少し触れましたが、皆、幸せになってくれたらいいなぁと思います。

また、前作『やり直せるみたいなので、今度こそ憧れの侍女を目指します！』の時もイラストが可愛くて悶絶していたのですが、今回も信じられないほどに素晴らしく……！

初めてラフをいただいた時、まるでおとぎ話のような世界観にただただ胸がいっぱいになりました。

イラストをご担当くださった緑川　明先生、本当にありがとうございます！

最後になりましたが、本作の書籍化に関わってくださったすべての皆様に感謝を申し上げます。

ウェブでの連載中に応援してくださった読者の皆様、いろいろな相談にのってくださった担当編集様、その他ご尽力くださったＫＡＤＯＫＡＷＡの皆様、本当にありがとうございました。

この本をお手に取ってくださった皆様が楽しいひと時を過ごせていたら、とてもうれしいです。

またいつか、お会いできますことを願って。

二〇二一年九月

一分咲

「100年後に転生した私、前世の従騎士に求婚されました　陛下は私が元・王女だとお気づきでないようです」の感想をお寄せください。
おたよりのあて先
〒102-8177　東京都千代田区富士見2-13-3
株式会社KADOKAWA　角川ビーンズ文庫編集部気付
「一分　咲」先生・「緑川　明」先生
また、編集部へのご意見ご希望は、同じ住所で「ビーンズ文庫編集部」までお寄せください。

100年後に転生した私、前世の従騎士に求婚されました

陛下は私が元・王女だとお気づきでないようです

一分　咲

角川ビーンズ文庫　22812

令和3年9月1日　初版発行

発行者――青柳昌行
発　行――株式会社KADOKAWA
〒102-8177　東京都千代田区富士見2-13-3
電話 0570-002-301（ナビダイヤル）
印刷所――株式会社暁印刷
製本所――本間製本株式会社
装幀者――micro fish

●お問い合わせ
https://www.kadokawa.co.jp/（「お問い合わせ」へお進みください）
※内容によっては、お答えできない場合があります。
※サポートは日本国内のみとさせていただきます。
※Japanese text only

ISBN978-4-04-111766-8C0193 定価はカバーに表示してあります。

◇◇◇

未来を知る『時渡り』の力で国に尽くす子爵令嬢・エマは
婚約解消された翌日、15歳の過去に戻ってしまう！
2度目の人生は幼い頃の夢、侍女を目指そうとするけれど、
エマの秘密を知る謎多き男・グレンが現れ――!?

異母妹を虐げていると噂される、悪名高い白蓮。
皇帝の寵愛を得たのは異母妹……なのに白蓮は得意の錬金術で、
後宮で異母妹を貶める罠を次々と暴いていく。
だが、皇帝呪殺を狙う事件が！ しかも犯人は……白蓮!?

●角川ビーンズ文庫●

就活中、異世界に転移し王立学院に就職した忍。
気楽な事務員なので、平穏な異世界ライフを満喫のはずが、
冷徹無愛想な魔術師・エメリヒと毎日が攻防戦！
しかも聖魔力を持つ"女神"と噂され……こんなはずでは!?

●角川ビーンズ文庫●

絶滅危惧種 花嫁
虐(しいた)げられた姫ですが
王子様の呪いを解いて幸せになります
WEBで人気!!
身代わり花嫁の大逆転
シンデレラストーリー!
狭山(さやま)ひびき　イラスト/ぽぽるちゃ
異能を誇るノーシュタルト一族で「無能」と蔑まれて育ったエレナ。異母妹の身代わりに、呪われていると噂の王子に嫁ぐことに。ところが肝心のユーリ王子には会えず、代わりに出会ったのは何故か１匹の大きな狼で……?